一套最全面最系统的分析理论
一套最具实战价值的分析理论
唯一免费全面讲解的分析理论

# 君山股道

系列丛书四

# 长线法则

## 揭秘超级大牛股暴涨内因

君山居士 著

广东省出版集团
广东经济出版社

**图书在版编目（CIP）数据**

长线法则 / 君山居士著. —广州：广东经济出版社，
2008.4

（君山股道系列丛书 4）
ISBN 978－7－80728－873－2

Ⅰ. 长… Ⅱ. 君… Ⅲ. 股票－证券交易－基本知识
Ⅳ. F830.91

中国版本图书馆 CIP 数据核字（2008）第 045098 号

| | |
|---|---|
| 出版<br>发行 | 广东经济出版社（广州市环市东路水荫路 11 号 11～12 楼） |
| 经销 | 广东新华发行集团 |
| 印刷 | 佛山市浩文彩色印刷有限公司 |
| | （南海区狮山科技工业园 A 区） |
| 开本 | 787 毫米×1092 毫米　1/16 |
| 印张 | 12.5　2 插页 |
| 字数 | 190 000 字 |
| 版次 | 2008 年 4 月第 1 版 |
| 印次 | 2008 年 4 月第 1 次 |
| 印数 | 1～7 000 册 |
| 书号 | ISBN 978－7－80728－873－2 |
| 定价 | 288.00 元（1～6 册） |

如发现印装质量问题，影响阅读，请与承印厂联系调换。

发行部地址：广州市环市东路水荫路 11 号 11 楼

电话：〔020〕38306055　38306107　邮政编码：510075

邮购地址：广州市环市东路水荫路 11 号 11 楼

电话：（020）37601950　邮政编码：510075

营销网址：**http**：//www. gebook. com

广东经济出版社常年法律顾问：屠朝锋律师、刘红丽律师

# 序　言

　　"远离毒品，远离股市"曾经被媒体当作醒目的标题作为警示世人的名言。由于中国股市处在初期阶段，操纵、造假和圈钱等问题让股市一直处于大幅震荡之中，巨大的市场风险使得中国股市让人望而生畏，投资股市曾被人视为不务正业。而 2005 年开始的大牛市唤醒了中国人的投资意识，百年一遇的大牛市场重塑了人们的理财观，股市成了街头巷尾谈论的热门话题，随着越来越多的人投入到股市之中，中国证券市场获得了长足的发展，一些问题也随之暴露出来。大多数投资者满怀暴富的心态拿着一生的积蓄杀入股市，这让一些人陷入了可怕灾难性的误区之中，作为一个十几年操盘经验的分析师，自感有责任做点力所能及的事情来帮助一些朋友免于踏上不归路。

　　牛市会造就无数个"股神"，熊市这些"股神"又会销声匿迹，留给很多投资者的是迷茫，究竟股市可不可以预测？这个问题历来充满争议，特别是巴菲特和彼得林奇等让人尊敬的大师们一直警告人们不要预测股市，让随机漫步理论盛行，事实证明，两位投资大师的观点有点自相矛盾，两位投资大师都是随机漫步理论的反对者，他们都曾公开反对"股市是不可战胜的"，并用连续多年的业绩告诉投资者股市是可以战胜的，如果不可以预测，怎么可能战胜股市呢？显然，虽然两位投资大师告诫投资者股市是不可预测的，但却用他们自己的矛将之刺穿，用行动告诉我们股市是可以预测的。

　　人们投资股市的渠道主要有两种，一种是买基金，将资金交给专业人士管理；一种是自己操作，投资者究竟该选那一种方式进行投资？事实证明，大多数的基金经理虽然带着耀眼的光环，但并不能够战胜股市，经调查发现，全球能战胜大盘的基金经理不超过两成，更有意思的是，人们将基金经理的业绩和大猩猩选出来的股票进行比较，发现绝大多数的基金业绩并不能超过大猩猩。彼得林奇曾经说过："普通股资者只需用 3％的智商就能够战胜股市。"因此，一些有时间和精力的朋友最好自己操作，享受

成功的喜悦。

　　"股市风险莫测，劝君谨慎入市"，只有经历过股市风风雨雨的投资者，才能深深体会此话其中的真谛。尽管如此，股市仍以其巨大的魔力，吸引着一批又一批投资者前仆后继：有人一夜暴富，腰缠万贯；有人功败垂成，倾家荡产。在股市中，金钱宛如纸上富贵，随时可能随风而去。那么，怎样才能够把握住股市稍纵即逝的机会，实现人生的梦想呢？在本系列书中我把我多年操作中的一些经验和体会奉献给大家，同时也希望能够抛砖引玉，和广大同仁共同为中国股市发展做出应有贡献。但愿能够为投资者的操作带来好的收益，能让投资者在操作中挥洒自如，游刃有余，最终驶向成功的彼岸。

　　现在投资者所应用的分析理论中，多为一些国外成熟市场的投资理论，应用于国内股市似有张冠李戴之嫌。首先由于这些理论翻译得不够系统和详尽，因此许多投资者不能领悟其理论的精华，只能从形式上了解理论的外在，却不能从理论的内在来分析行情的起因，知其然，不知其所以然，所以实际操作中效果总是不理想，投资失误率大大增加；另外，中国的股市是建立在市场经济不完善的基础之上的，股市并不能真正按照市场规律运行，政策一直占据着市场的主导地位，所以照搬和套用引进的东西不太适合。因此我们针对国内股市的特点，在拿来的基础之上，提出了全新的操作理念。我们首先提出了理性和务实的投资理念，既要在实际的操作中理性地分析和操作，又要采取务实的态度。我们不可能因为中国股市的市盈率高，就不参与股市投资；不可能因为现在的股市的各种机制不健全，就等到股市成熟以后再入市。只不过是不同的游戏需要不同的游戏规则，在本系列书中我们就提出了很多适用于国内股市的游戏规则。

　　《循环理论》一书是本系列书的核心，旨在介绍一套完整的操作系统。很多投资者往往把一些技术分析的方法当成制胜的法宝，其实股市中的成功者不是单靠一种技术分析就可以做得到，即使技术分析百分之百的准确也不能保证在股市中赚钱，综合素质才是重中之重。因此，《循环理论》一书详细论述了时间循环、空间循环、思维循环、资金管理循环和操作手法循环等五大循环，希望建立一个完整的操作系统以防止"盲人摸象"式的操作方式。本书也在实践的基础上提出了可行的新的技术分析工具，例如：百变图、趋势图等等，希望能给股民朋友提供有益的帮助。本书着重于投资的程序化、系统化。每一个成功的投资者，都需要具备投资的三个组成要素：健康的个人心理、合理的交易系统和出色的资金管理计划。这三要素好比凳子的三条腿，缺一条就会连人带凳子一起摔倒，而这其中，心理因素是至关重要的。一个成功的投资者应是良好的心理素质、有效的分析方法、科学的资金管理三者综合素质的体现，所以本书力求把影响股市成功的各种要素综合到一起，使投资者不要在投资中去钻牛角尖。为了使投资者有良好的心理素质，本书采取治标先治本的战略，从思维方式做起，挖掘思维的弊端，树立正确的观念；但是并没有抹杀技术分析的重要作用，于是出现了简洁有效的百变图、趋势图，并在资金管理上提出了"三带一原则"、"三取一原则"。最后用操作计划书来把三大要素连贯起来，一个完整的操作系统就出现在投资者的面前。很多投资者因为不是专业投资股市，没有时间去掌握理论的内涵，因此，本书技术分析着眼于简单，力求使投资者能够一目了然。趋势图、百变图等都是集各理论精华于一体，在操作和应用上都十分简单，投资者可以对其比较晦涩难解的理论内因不予理会，只要掌握操作原理就可以应用得得心应手了。

《长线法则》一书重在介绍选取长线股的法则。长线持有是我们四大法则之一，长线持有并不是简单的买上股票不动，而是必须买上好的股票才可以，本书解决了如何买进好股票的问题。明星股之所以会出现大幅飙升的走势并不是空穴来风，都具有其基本面的因素，本书介绍了十大超级大牛股的要素，如果一只个股具备的要素越多，这只个股就越具有大牛股的潜力。除了基本面选股十大要素外，本书还从技术面介绍了选取大牛股的方法。

《投资理念》一书介绍了一些成功投资者必须遵守的投资理念。正确的投资理念是成功的重要因素之一，本书重点介绍了操作手法中应遵守的投资理念和分析时应遵守的投资理念，本书还介绍了一些重要的分析技巧，例如：如何利用节气、周一效应等都是一些经过事实证明的非常有效的分析方法。

《短线绝技》一书重在介绍短线操作的一些方法。短线不是我们提倡的操作方式，但我并不反对短线，只是反对频繁的炒短线，中国股市的特色使得有些时候必须以短线投资为主。本书介绍了十八种短线买进的技法和十八种短线卖出的技法，同时进介绍了利用技术形态进行短线操作的技巧。

《经典技术分析》一书详细介绍了一些经典的技术分析方法。本书选取了形态分析方法、直线分析法和技术指标分析法等一些股票市场常用的

经典技术分析方法，并介绍了利用这些分析方法的心得。

《股指期货》一书详细介绍了股指期货的基本知识和分析方法。股指期货是"千呼万唤始出来，犹抱琵琶半遮面"，由于股指期货还没真正的开始，我们重点介绍了股指期货的基本知识，并结合我多年期货市场操作经验介绍了一些分析方法和投资理念。

股市没有天才，不断地将前人的理论应用于实践中，去其糟粕存其精华，并不断学习，不断创新，才能适应千变万化的股市行情。本系列书借鉴了不少前人成功的理论精华：艾略特的波浪理论，查尔斯·道的道氏理论以及费波纳奇数列也在百变图的分析应用中随处可见。作为一个后来者，能从这些前辈的理论中汲取营养，继承前辈理论的精华，把前辈的理论发扬光大也算是分内之事。但本系列书努力要做的不是与众不同，而是追求技术分析的简明和有效，使投资者在轻松之余也能有不菲的收益。

尽管笔者尽心尽力，但是因为水平有限，谬误之处、不足之处在所难免，恳求广大同仁批评指正。另外，本书的写作时间比较仓促，因此也难免有疏漏，希望广大股民朋友多提宝贵意见，共同为中国证券市场出一点绵薄之力。

# 目　录

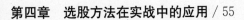

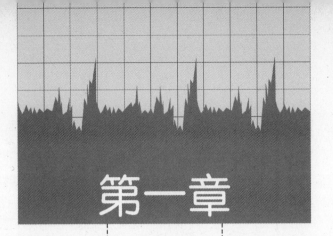

# 第一章

## 长线心魔

医生悉知人类的疾病，律师洞察人类的罪恶，庄家则掌握和利用了散户的心理弱点，利用了禁锢投资者理性的心魔，对散户财富进行无情的掠夺。

市场主力想尽一切办法诱导散户进入他们的圈套，无非是利用散户的心理活动，利用了扰乱散户投资者心智的心魔。心魔不克服，普通投资者就很难摆脱庄家的圈套，良好的心态是成功投资的基石。"成功的投资者都一样，失败的投资者各有不同"，所谓成功的投资者是那些克服了心理误区的投资者，是那些投资者的理性战胜了心魔侵袭，不为心魔所诱惑的投资者。失败的投资者则受到各种心理误区的侵扰，心理误区就是我们的心魔，心魔就象阎王派来的追命鬼，他无时无刻不在想尽一切办法勾引你的灵魂，心魔任务就是让那些禁不起诱惑的人下地狱。

对于长线投资者，浮躁、恐惧、贪婪和主观是四大心魔，这四大心魔的存在将使你潜心学习的技术分析都成枉然，是导致投资者丧失理性的根源，是导致长线投资失败的根本因素，所以，我们首先要讲解的不是大多数投资者追求的分析方法，而是先正确认识禁锢我们理性的心魔，正确的认识这四大心魔的形成原因，掌握克服心魔的方法，才能够真正的战胜市场，成为一个成功的投资者。

很多投资者把失败的原因归咎于分析方法，其实不然，真正导致我们投资失败的内因是我们没有正确的心态，在一个丧失理性的投资者面前，任何高明的分析方法都变成了垃圾。庄家处心积虑地利用散户的心理缺陷，目的就是卸下你的武装，瓦解你所有的抵抗。只有摆脱心魔的束缚，才能在股市中运筹帷幄，决胜千里。

## 第一节　浮躁

浮躁让客观、谨慎、详细、有序的操作计划被抛到九霄云外；浮躁带来的心魔让情绪战胜了理智。浮躁有一对双胞胎儿子，一个叫急躁，一个叫冲动。急躁让你失去理智，失去耐心、失去本属于你的完美。冲动让你情绪化操作，让你失去理性、失去风险意识，失去该属于你的一切。

　　我们生活在一个浮躁的社会。人们缺少了信仰，所谓的迷信让人望而却步，所谓的主义在现实面前显得苍白无力，人们的灵魂找不到寄托，没有依托的灵魂在漫无边际的游荡，浮躁成为这个社会的代名词。股市是一个让人性劣根尽情展示的一个平台，社会的浮躁在股市中表现得淋漓尽致。现代社会资讯非常发达，报纸、网络、电视等各种传播媒体以其快捷的速度把各种真真假假、虚虚实实的观点、消息传递给投资者，把投资者搞得茫茫然不知所措。很多投资者往往害怕失去稍纵即逝的行情，贸然作出决定，客观、谨慎、详细、有序的操作计划往往被抛到九霄云外，浮躁带来的心魔让情绪战胜了理智，本来自信十足的股票，往往经不起心理的考验，在所谓的"黑马的诱获下而换股，结果发现想象中的黑马，骑上去之后并没有狂奔，仔细一看是"木马"一头，幻想木马还会变成黑马，结果最后发现，木马却变成了"河马"，一头跳进无底深渊。无数次的事实证明，浮躁是我们投资者的头号大敌，大部分投资只注重技术分析的研究，希望能研究出所谓的"葵花宝典"，成为"东方不败"，到头来却发现所得到的只是花拳绣腿而已，我们的股市还不成熟，整个市场如此都非常浮躁，作为个人投资者只有克服浮躁心态，保持一份平和心态，才能实现超脱，摆脱轮回之苦，则不至于成为心魔牺牲品。

作为长线投资者，耐心是成功的第一要素，浮躁正是耐心的天敌。投资者的急躁心理总是认为股价涨得太慢，特别是股价进入整理之中，总看到别的股票一路大涨，看着自已的股票纹丝不动，却忘了老祖宗的警世良言——财不入急门。有相当一批急躁投资者往往会在在股票盘整时抛出持有的长线股，结果就变成了我们前面的讲的黑马变木马，木马变河马的恶性循环之中。对于长线股的盘整蓄势最高明的做法就是静观其变，耐心高于一切。

长线操作耐心表现在操作的各个方面。选股、买股、持股都要考验耐心。选股时期要精挑细选，急躁这个心魔往往会鬼使神差的让你误入歧途，选股如选妻；买股时期很多投资者急于赚钱，我记得有一次我在讲炒股要有耐心时，一个学生提出一个问题，他说："老师，我们现在孩子上学需要钱，我们等着赚钱交学费呢！"孩子上学需要钱，交学费固然重要，但是要不要买股票和孩子上学没有任何的联系，如果因为孩子的学费而买股，结果恐怕多是孩子吃饭的钱也没了。股市不是提款机，机会不是天天有，能做则做，不能做则要休息，君子抱时而动。对于在股票池中的个股，一定要仔细的跟踪研究，不管它的股价如何被低估，但如果技术面并没有拉升的迹象，仍然要耐心的等待。价值的低估，孩子的学费都不能做为买股的依据，只有当技术面确认底部之后才可以大胆介入。

急躁让人失去理智，失去耐心。它的同胞兄弟冲动同样可怕，冲动让投资者情绪化操作，让人失去理性、失去风险意识，失去本该属于自已的一切，最后等待的是冲动的征罚。

现在社会资讯异常的发达，很多情况下被主力所利用，到处散布些美丽动听的故事，我们可以看到电视台经常有些分析师不分昼夜的在为广大投资者"义务服务"，一些"莫须有"的东西经过这些分析师加工之后好象变成了宝藏，很多没有克服心魔的投资者在听到这些"送钱的神话"之后往往会"狂乱的表达"，冲动买进。

总而言之，浮躁是长线投资者的第一大心魔，不彻底克服，长线投资无从谈起。

## 第二节　贪婪

　　投资股市的目的就是在最短时间内取得最大的收益，没有贪心我们不会进入股市，还是把钱放到银行里吃利息好点，"贪婪"本身不是坏事，从某种意义上来讲"贪婪"是社会进步的动力，没有贪婪之心，人就没有动力。要是有人说进入股市没贪心，我想那是连他自已也不知道的骗人鬼话，关键是贪也要讲究策略，否则贪不是社会和个人发展的动力，却会成为导致毁灭的催化剂。贪婪并不可怕，可怕是无知的贪婪。

　　无知的贪婪是长线操作的大忌，其危害到股市操作的各个环节：

　　投资者常常因为贪婪而买不到股票，丢掉大黑马。有时股价底部形态刚刚确立，本是难得的买进良机，但却总是幻想低点买进，结果只能看着飙升的股价而懊悔不已，有时股价经过长期的蓄势整理向上突破进入新一轮主升

浪，而贪念却驱使着投资者总想买得更低点，看到黑马一路狂奔才如梦初醒。

贪婪可能使到手的财富化为乌有。有些投资者的目标位已到达，但是贪心让人欲望膨胀，总想再多赚点，顶部往往是让人充满激情，贪婪之心让人会把目标订得更高，结果却是竹篮打水一场空，像坐一次过山车。记得1997年左右，我一个朋友做期货，他投入50万本金，赢利最多达49.8万，就差2000元不到50万，当时他认为该出了，但却想再赚2000元够一倍再走，结果，行情逆转，不但所有赢利全部返回，本金也亏得只剩3万多一点。

梦想把行情赚完。很多人为了蝇头小利自以为聪明进行所谓的波段操作，目前市场中充斥着如何波段操作的理论，好象波段操作变成了智慧的象征，其实，这让很多投资者误入歧途，往往是"拣了芝麻，丢了西瓜"，对于这种形式的贪心我相信很多投资者都经历过。都有过所谓波段操作丢掉大黑马的经历。

总之，贪心要适可而止，成功的投资者贪而有道，贪而有制。不切实际，贪得无厌导致很多投资者进入贪婪这个心魔的圈套。对待贪婪最好的方式就是详细制定好操作计划，一切按计划行事。

## 第三节　恐惧

人世间到底有没有鬼？我没见过，所以不敢断言有无。但是你如果心里有鬼，鬼不害你，你也会被鬼吓死。很多投资者总是心理有鬼，涨是怕涨，跌时怕跌，恐惧之心是投资天敌！

"恐惧"产生的根源有两点，首先是一些投资者有过惨痛的赔钱经历，在内心深处形成了阴影，总是担心不幸会再次降临，买股恐惧，持股恐惧，这种心态必须做调整，要么只有退出股市。其次是，有些投资者太过于在乎金钱，钱来之不易，对金钱的在乎可以理解，但是如果不调整心态，往往会形成只能赚不能亏的心理，一旦亏损，心理就承受不了，这种状态不适合进入股市，特别是一些靠借贷进入股市的投资者，这种心态更加严重，所以，我是坚决反对借钱炒股，对于想一夜暴富，不惜举债入市的朋友，我希望他们能够悬崖勒马，因为只有极少数人能够实现一夜暴富，其机率和买彩票的机率差不多。

恐惧对长线投资者有两种伤害，第一种是恐高症，明明是一只好股票不断在上涨，心里却总是害怕到手的财富落空而赶紧卖出，结果发现，卖出的价位不是头，连腰都不是，这些投资者往往是有着失败的经历，曾经受过"一夜回到解放前"的惨痛经历，结果这种经历形成了恶性循环，导致又丢掉了大牛股。第二种，当股价已严重低估，但是由于人气低迷，恐惧的心理不再是个人现象，整个市场都在弥漫着恐惧的气氛，很多投资者面对这样的机会总是被市场所左右，不敢果断入市。

下跌太可怕了！
我要下车！！

艺高人胆大，要彻底克服恐惧心态，必须提高自已的操作技巧，不断减少自已的操作失误，才能不断提高自已的自信心，亏钱是恐惧的根源，初生牛犊不怕虎，刚入市的投资者往往是胆大，随着被市场无情的伤害，恐惧之心慢慢形成，随着股价的下跌，上市公司的价值被严重的低估，但是很多投资者却往往被下跌吓破了胆，不敢介入，事实证明恐惧是抄底的天敌，往往在股价便宜的时候并无人问津，没有恐惧就没有大底，底部总是在恐惧中产生的。

# 第四节　主观

"跌了这么多了，该到底了吧"，"已涨了这么多，应该见顶了吧"，"我认为这只股票该涨了"。这些言语都是主观臆断的表现。主观意味着远离了客观，远离了事物的本质，远离了真理。在证券市场靠主观臆断进行操作注定是不归路。

主观臆断主要是分析缺乏客观依据，完全凭借感觉进行操作。首先，刚入市的投资者，或者是没有时间对股市进行研究的投资者，他们掌握的分析理论有限，没有正确的分析方法，所以在分析和操作时只能凭借着"我认为如何如何！"进行；其次，随着操作的成功，一些具有操作经验的投资者出现盲目自信，自满蒙住了理性的双眼，主观臆断也会随之产生。

具有主观臆断倾向的投资者在操作中有以下几个方面的表现：

（1）设想底部：在经历了追涨杀跌带来的惨痛教训之后，很多投资者开始听信"专家"之言，由追涨杀跌转向逢低吸纳，"中科系"和"亿安系"的雪崩使许多抄底的投资者实实在在地领悟到了何时市场才是底，对于底部没有探明的股票，最科学的态度就是观望。因为谁也没有办法预测问题究竟严重到什么程度，市场下跌的动力到底还有多大，即使股价已跌到底部了，或者杀跌力量不再那么集中而决绝，股价也不再以连续跌停的方式下跌了，谁又能保证它马上就会大幅度的上涨？事实上，大盘每次见底后都会经过漫无边际的休整。明智的投资者不是主观地猜测市场到底部了，而是让市场告诉自己底部已来了。

（2）被套后猜测行情会出现好转，不能马上作出取舍。大部分投资者都会遇到过套牢之苦，当自己买入有一万个理由要涨的股票后，市场中一些不是理由的理由就让你美梦落空。处于市场的复杂环境下，一旦被套，大多数人不愿意面对现实，采取死抱的态度，认为行情早晚会反转的，死捂固然可能会等到解套之日，但是期限却难以预测，一年两年解不了套属于正常现象，资金的快速流动和增值更无从谈起。很多投资者难以舍弃眼前的蝇头小利，忽视了更长远的目标。而机遇的获取，关键在于投资者是否能够在投资上作出果断的取舍。因而，进入股票市场后，大多数投资者都不会把资金闲置，很多投资者不是投资在这只股票上就是套在另外一只股票上，可见，学会舍弃有时要比学会盈利重要，而更重要的是善于化解心中的结。西方一位哲学家说过："不会放弃的人生，就是失败的人生，成功的人生就是学会放弃的人生。"

（3）设想顶部。很多投资者买入股票后，因为有过"坐电梯"的经验，便担心有朝一日会反转，因此天天猜测行情的顶部，这类投资者往往在主力的洗盘、震仓手法下提早出货，把抱着的金娃娃扔掉。总之，股市行情是"上可九天揽月，下可五洋捉鳖"。设想底部会被套牢，而

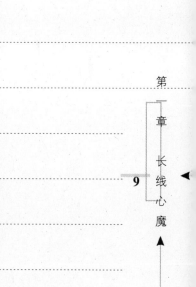

设想顶部则会痛失良机。

（4）设想行情该启动。有些投资任借着莫须有的理由认为某些股票是"黑马"，总是想象它会启动，最终发现是"死马"一匹，股价启动上行一定会有技术面和基本面原因，股市之中没有无缘无故的上涨，也没无有无缘无帮的下跌。

要想真正的做到分析有理有据，克服主观臆断的误区，就要通过不断的学习去充实自己，通过操作去提高自己。在操作前要有耐心，对看不明白的股票，就坚决不介入；买入后要有信心，行情不出现反转信号就继续持有。不断通过操作来总结经验，学习并总结出适合自己的操作手法。

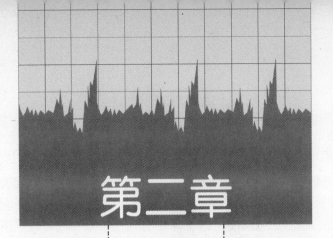

第二章

长线概念

## 第一节　股价构成因素

每位投资者都想正确预测股价未来的发展趋势，有些投资者想从股价波动图表中发现股价运行规律，形成了技术分析派；有些投资者研究公司基本面的变化，想从公司基本面因素中发现股价运行规律，形成基本分析派；还有些投资者认为股价波动没有规律，只是随机波动，从技术面和基本面都不可能分析出股价的未来趋势，形成随机派。从实战角度来讲，三大派各有千秋，形成鼎足之势，技术派和基本分析派认可市场的规律性，各自用自已的分析方法来分析预测股价的未来趋势，随机派显然对任何的分析方法都不认可，三大派有一个共同的弊端，就是都没有正确地描述股价，大家可想而知能否正确的分析出股价的未来，三大派经历数百年的发展，虽然每派都出现过杰出的投资家，但并没有任何一派能够占据上风。

基本分析派着手研究公司基本面因素，重点分析上市公司的所属行业，研读上市公司的财务报表，预测上市公司的成长性，最终希望能够分析出股价未来变动趋势。依据基本面进行投资的投资者就是价值投资者，价值投资者通过全面系统的上市公司基本面分析，发现上市公司的内在价值，当股价低于上市公司内在价值时买进，当股价高于上市公司内在价值时就卖出。但是价值投资者会遇到一个非常尴尬的问题，股价低于上市公司内在价值时，股价往往继续下跌，有些时间跌幅可能会超越想象，而且，股价在价值之下运行时间也是让价值投资者头痛的一件事情；当股价高于公司内在价值时，卖掉后，股价却往往继续上涨，很多时候可能涨得更快，涨幅也往往超越想象，价值投资者难以解释这些现象，价值投资者可以给我们提供了一个价值中枢，但具体的买卖点却没办法提供。对于大多数个人投资者利用基本面分析更是难上加难，因为信息的不对称让很多投资者根本没办法分析基本面，所以，大多数个人投资者选择了技术分析。

技术分析派重点研究上市公司股价波动图表和一些技术分析指标出发，企图发现股价的运行规律，技术分析是建立在历史会重演的基础之上的，它具有明显的经验性，具有强烈的主观色彩。所以它其实是一门艺术，想完全掌握它，简单的按部就班的学习是远远不够的，非得从实战中去总结经验不可。基本分析派同样有一个非常尴尬的问题，那就是技术分析派认为股价包容和消化一切，认为基本面信息根本不用看，股价会完全反应出来，但事实证明总会有些基本面的变化让技术分析者无所适从，技术分析派显然没有办法去解释，但基本面的变化又象一只无形的手，总是左右着股价的变化。

随机派在股市中属于少数派，很多投资者并不认可，但事实却证明随机派是股市中的大赢家，据调查显示，全世界的专业基金经理跑赢大盘指数的屈指可数，随机派认为股市随机波动，采用追随指数的投资策略，因此，能超越随机派的投资者少之又少，随机派表面是消极的一派，不寄希望于能够预测股价，但是如果按照他们的理论，却是市场中的胜利者，因为全世界的专业的基金经理能够跑赢大盘的不到两成，我们的基金经理在 2007 年的大牛市中能够跑赢沪深 300 的只有一个，这一个也存在着很多的疑点。当然，随机派的成功并不能证明股价是没有规律性的，并不能证明随机派撑握了股市的真理，虽然大多数的基金经理并不能战胜随机派，但类似巴菲特、彼得林奇的传奇人物的业绩证明市场的确存在着内在规律，只是这些规律被人性的劣根埋没。所以随机派并不能代表市场的主流。

我们可以看出三大派都没有对股价进行定义，可想而知，连一个事物的定义都不知道的人能否正确的认识这个事物，我在讲课时，经常有人问我是什么派，我告诉他们，我是基本面选股，技术操作。经过多年的研究，我对股价做出了如下的定义：

股价＝内在价值＋主流思维

内在价值的分析是基本分析派的拿手好戏，可以用基本面去分析，可以通过公司的市场前景、业务模式、管理水平等方面对上市公司进行分析，关于如何用基本面去分析的方法，我在前面的书中已做了详细的讲解，我们可以通过对公司基本进行详细的分析给出一个相对合理的估值，有些时间，我们可以直接拿出机构的研究报告进行参考，发现一家上市公司的合理估值并不太难，但是发现合理的估值并不代表投资就能赚到钱。一些上市公司可能股价长期限低于估值；而有一些上市公司有可能高于合理估值，但股价却仍然大幅度的上涨着，这就是基本派所不能解决的问题，现在价值投资者所能估的就是选取价值低估的上市公司买进并持有，然后等待市场的审判，显然这样操作并不可取。

内在价值会随着时间变化而变化，未来充满着变数，一个现实中有内在价值的股票，随着时间的推移可能变得一无是处。这也是价值投资的可怕之处，我们买了有价值的股票，却不能断定它一定会涨，未来又给它很多不确定性。因此，简单的从内在价值去操作并不是明智之举。

主流思维就拥有资金优势的投资者对股价未来的心里预期，这些心里预期是一个主观性的思维，但却往往左右着股价的运行，在大多数的情况下，主流思维是股价的主要构成因素，它的重要性远远超越了上市公司内在价值。

在熊市中，主流思维看空后市，股价虽然跌破上市公司的合理估值，但是却仍然会持续下跌，在很多情况下，这种状况会持续相当长的时间，在牛市中，主流思维看好后市，股价可能会大幅高于上市公司的内在价值，但股价却仍然会大幅度的上涨，很多时候，这种上涨会超越想象，就象牛顿所言"我可算出万有引力定律，却算不出人性的疯狂"。主流思维并不一定是真理的拥有者，但却是现实的缔造者，股价可能会形成一个大大的泡沫，这个泡沫回头去看可能有些荒唐可笑，但却总是事实。我们可想想台湾股市12000多点时是多么可笑，日本股市几十年后仍然远远低于1989年的高点，着实有些荒唐，这就是主流思维造的孽。

从前面的论述，我们可以得出以下结论：

内在价值只能提供一个投资的依据，但同股价涨跌没有太大的关系，换句话说，我们可以判断内在价值高和低，但却没有办法从中获利，买进内在价值低的股票可能仍然会亏钱，买进内在价值高的股票仍然可以赚钱。

主流思维是决定股价的主要因素。主流思维是主观因素，我们比较难以分析出主流思维的动向，但我们可以看行动，如果主流的行动是买进，肯定代表着主流思维看多，如果看到主流的资金在卖出，肯定预示着主流资金在看空。

内在价值和主流思维有必然的联系。内在价值低估的股票容易吸引主流资金的关注，容易形成内在价值低估和主流思维看涨的结合体，两者的结合体就是黑马的胚胎。因此，对于那些内在价值严重低估的股票，我们应选出来放到我们股票池中，然后静等主流思维的变化。

总之，股价的波动是由内在价值和主流思维两大内因导致，正确的分析两者动向就能准确判断出股价的趋势运行情况。

# 第二节　股价波动原因

成功投资的根基是正确的分析和预判，没有正确的分析不可能有正确的预判。"知其然，知其所以然，是知也!"，本节我们探讨股价上涨的真正原因。研究股价上涨真正的原因我们还是要从股价定义说起。内在价值和主流思维决定着股价的波动，两者相互作用的结果表现在股价上就是趋势。如果从把两者分开来分析，相当复杂，其实，两者有一个共同的表现形式，就是筹码，筹码的稳定性就是股价上涨和下跌的主要原因。当基本面的突变导致筹码的主体出现不稳定时，股价就会出现下跌，当庄家持有的筹码达到一定程度时，场外的筹码越来越少，随着场外资金的流入，可以流通的筹码越来越少，股价自然会出现上升，当所有持有人达成一致意见时，股价抛盘也会变得越来越少，当达到抛盘少于买盘时，股价变会出现攀升的格局。

**筹码稳定性增加的原因：**

第一，利好消息。当上市公司出现突如其来的利好消息时，投资充满了美好的希望，筹码会突然变得稳定性极高，原有的持有者都不愿意抛出自已手中的筹码，利好又刺激着外部资金追逐都不愿意抛出的筹码，股价只有上涨才能让一部分投资者抛出，才能让筹码松动。

第二，是单个主力或多个主力形成稳定的筹码结构。随着投资者对上市公司的了解，投资者可能会达成致性的看法，这时筹码也会非常稳定，只有极少数人愿意抛出，只有少量场外资金就可以推动股价上涨。

总之，股价产生波动的原因来源于内在价值和主流思维的变化，两者表现在外在就是筹码的稳定性，通过成交量和持股结构的变化来分析筹码的稳定性，可以预判出股价趋势的运行方向。

## 第三节　长线选股法则

在探讨长线选股方法之前，我们必须先讨论一个问题，那就是长线投资和短线操作哪个方法收益更高的问题。这个问题争论已久，在机构投资者中已形成定论，但在广大的普通投资者当中争论仍然非常激烈，而且绝大部分的个人投资者选择了短线操作，究竟孰是孰非恐怕永远不会有一个定性的答案，因为市场中总会出现一些所谓民间高手炒短线赚取了多少多少倍的事件发生（很多是运气的在起作用），暴富的心态左右着相当一大批人的行为，当然，也有可能是出于对英雄的崇拜。其实，对和错不是用理论能解释的，事实早已给出了答案，到目前为止我还没见过一个成功的投资者是靠炒短线取得的（很多人和我一样只是听说过），当然，这有可能是我的见识短浅。退一万步来讲，即使存在着传说中的短线成功者，为什么我们放在阳关道不走，便要去走独木桥。一些成功的大师级人物如彼得林奇、江恩等在刚开始时都炒作短线，但后来基本都回到长线投资的阵营之中。但愿这些成功的大师所走的路能给我们广大投资者提供借签。

2005 年底，中国股市告别了长达五年的漫漫熊途，展开了一轮波澜壮阔的牛市。这轮中国股市前所未有的大牛市让很多人赚个盆满钵满。这轮行情强大动力来源于宏观经济高速增长、上市公司业绩超预期增长、人民币升值和负利率造成的流动性过剩，这三大因素形成合力共同拉动中国股市一路高歌猛进！很多个股出现了几十倍的升幅，这让很多喜欢长线投资的朋友收获颇丰！长线是金再一次得到事实验证，长线股成为投资者追逐的目标，但很多投资者如何选取长线股依然是一头雾水，暴涨的股票都绝不是空穴来风，有它内在的因素推动，股价的波动只是内因的一种表现形式。

我们首先定义下长线股。很多朋友把长线股从时间上来定义，认为只要持有时间长并能取得一定收益就是长线股，其实不然，一些股票质地也不错，持有也可以获利，但并不是我心目中的长线股，我心目中的长线股，是从空间上来讲的，我认为空间上的绝对涨幅很大才是真正意义上的长线股。很多人把巴菲特长时间持有股票不卖作为长线投资的标本，其实不然，我想巴菲特老爷子持股多年也不是为了打发时间，而是为了获得股价的涨幅，如果他持有10年赚5倍，他肯定更想持有一年赚5倍。当然，这些话并不是反对长期持有，如果一些股票能长期持有并能获得超越市场的收益，我非常愿意长期持有它，哪怕是永远持有，我认为都是对的，但事实上可以永远持有的股票是凤毛麟角。

我们这里所探讨长线投资有以下两种：第一，可以长期持有的大牛股；第二，短期具有爆发力的大牛股。只有一只股票股价的涨幅能给我们带来超额的投资回报都符合我们这里所探讨的长线投资概念。

前面我们探讨了长线投资的定义，但是如何选取具有长线投资价值的个股才是我们研究的根本，经过对很多成功前辈理论的研究和自身多年实战经验总结，得出一个答案，所有长线股形成内在动力来源于上市公司赢利能力的实现结果和市场预期，这里强调下，有些预期可能最终不会实现，完全就是预期，但是也照样会导致股价产生大涨。"预期赢利能力提升"就成为投资者选股的根本。

不管是投机还是投资，不管是机构投资者还是个人投资者，市场参与者选股都是围绕企业的赢利能力为中心，因此，我们选股的核心就是围着这个核心出发，一只大牛股必须具有长期的赢利能力或者具有获得具有超级赢利能力的预期，下面我们要讲的就是把握上市公司超级赢利能力的方法。

第二章　长线概念

**通过上面的探讨，得出了以下几个结论：**

● 长线投资才是真正的投资之道。

● 长线是空间定义，是指绝对涨幅，同时间没有关系，但包括长时间持有。

● 股价上涨的动力来源于对公司未来赢利能力的预期。

从前面的探讨，我们得出"预期的赢利能力是股价上涨的根本"的结论。下面我们就探讨下如何把握上市公司未来的预期赢利能力。一家上市公司就好象一台演出，演得精彩就会获得投资者的认可，股价表现就是观众对演出的认可程度的体现，一台精彩的演出一定能够博得喝彩和更多人的光顾。

## 1. 广阔的市场前景——演出的舞台

一台精采的演出必须有一个广阔的舞台，否则再优秀的演员也无法表现，再精采的节目也没办法上演。上市公司的市场前景就是舞台，是上市公司发展的基石。一家上市公司要想取得扩张，其主营业务必须具有广阔的市场前景，如果没有广阔的市场前景，既使管理水平再高也没办法取得长久的、高速的发展，我们可以通过近几年的一些大牛股的基本面可以发展，这是个前提，是每一家公司要想做大、做强的前提条件，如果不具备这个前提，其它的所有条件都没有任何的意义。

## 2. 一流的业务模式——一流的舞蹈

中国有句古话："酒香不怕巷子深"，但在市场经济高速发展的今天，这句话明显已跟不上时代步伐，很多业务模式较好的企业得到飞速发展，甚到还出现了完全靠业务模式发展起来的企业，如三株集团、脑白金等，所以好的业务模式已成为企业发展的重要一环，业务模式有很多，我们这里只介绍现在最流行、最实用的一种模式，那就是连锁。业务模式就是一场演出的舞蹈，其精采与否是演出成败的关键所在。

### 3. 卓越的管理水平——高水平的舞蹈家

俗话讲"同行没同利"，这句话告诉我们上市公司成功与否根本在管理，我这里之所以用了一个卓越二字来形容管理，是说明简单的复制别人的管理模式并不能形成卓越的管理，管理是一门艺术，一个优秀的管理团队才能打造出卓越的管理。

衡量一个团队的管理水平标志：

（1）高尚的职业道德。这样的管理层才能赢得员工的喜欢、信任和敬佩，才能形成一个企业的凝聚力，让员工上下一心，共同打造出一个一流的企业。

（2）超凡的能力。一个管理者的超凡的领导能力能够让公司在激烈的竞争中脱颖而出，让公司的发展具备可持续性，为公司创造一流的业绩，具有高超的资本运作能力。

### 4. 扩张性品牌——演出的知名度

首先强调一点，这里说的是扩张性品牌，不是专指的品牌，有一些品牌可能也是众口皆碑，但是有可能市场已经饱和，这样的品牌并不能带来股价的大幅拉升，对我们也没有任何意义。只有那些刚刚深入人心，还具备巨大的扩张潜力的品牌才能为上市公司带来越预期的收益，进而带动股价的暴涨。

### 5. 坚实的行业壁垒——演出的保安系统

现在资本流动性非常强，任何有暴利的行业都会吸引资金的追逐，所以很多公司的发展在初期可能受市场潜力影响取得了一些成绩，但很快便会吸引如狼似虎的资金追逐，高盈利很快被轧闰，这些公司很快就会出现问题，因此，在中国股市流传一句话形容上市公司的状况："一年赚，两年平，三年亏。"我们如何把握一些具有价值的企业，这些企业必须具备坚实的行业壁垒，既使资金想流入，仍然没办法介入，这些公司才有可能形成长线大牛股，才值得我们长期持有。行业壁垒就好象演出的保安系统，它保护着精彩节目的上演不受外界因素的侵扰。投资具有坚实行业壁垒的上市公司，可以喝着咖啡，尽情享受精彩的演出。

### 6. 垄断——拥有专利技术的演出道具

现在企业之间的竞争让很多公司喘不过气，很多公司在残酷的竞争中倒下，但是一些具有资源垄断优势的公司却具有天生竞争优势，将很多竞争者挡在门外。另外，资源的垄断让企业具备很强的定价能力，排除了无序的、低级的价格竞争，可以保持公司的持续赢利能力，具有资源垄断优势的个股往往就是大牛股的雏形，垄断就形成这台演出的道具，而且具有专利性，这个独特的优势形成演出的亮点，保证了节目的吸引力。

### 7. 行业龙头——压轴节目

在市场经济的大环境下，竞争已达到白热化，行业的龙头之所以能形成龙头肯定是管理、品牌、市场模式等已非常的成熟，这样的公司才能在市场竞争中保持优势，公司的赢利能力才能稳定提高。每一轮牛市总是那些行业龙头在唱主角。

### 8. 行业复苏——老歌新放

我很喜欢央视的一个大型文艺节目"同一首歌"，在里面可以重新听到那些让心灵共鸣的老歌，一些曾经打动过一代人的老歌重放之后还是那么动听。股市也一样，一些周期性行业的个股可能在行业复苏时成为明星股，但行业滑波后会渐渐被投资者所淡忘。如果出现行业的拐点，上市公司的业绩马上又会出现大幅度的提升，刺激股价产生一轮快速拉升行情，因此，把握行业复苏的拐点，也是把握长线投资的有效可行的方法之一。我们在欣赏动听的新歌的同时，别忘了那些震憾过我们灵魂老歌！

### 9. 重组——改编节目

一些公司可能因为种种客观的原因，一步步走向亏损的泥潭，但在中国这个市场中，壳资源仍然是稀缺资源，亏损的股票却往往是大牛股的集中营，据统计，在中国股市中，75％的大牛股并不是由绩优股中产生的，而是由亏损股中产生，看来具有讽刺意味，但这是不争的事实，因此，对于一些绩差的公司，我们仍然要对其进行深入研究，这里面有可能藏龙卧虎，很多大黑马盘踞其中。重组可以让一些濒临退市的上市公司涅槃重生，一些改编的节目一样很精彩。

## 10. 题材——演艺界的新星

很多人把题材和概念类个股的上涨当作投机，我这里要为他们正名一下，题材也是对未来赢利的一种预期，只是这些预期可能还不太接近现实，让人感觉不到他的存在而已，很多好的题材最终也会转化为业绩，让一些题材股实现丑小鸭变成白天鹅的梦想和青蛙变王子的神话。很多题材是催化剂，让公司高速成长。有相当多的公司都是题材的化身，比如韩国三星公司就是奥运题材的化身，奥运让三星公司从一个名不见经传的小公司一跃成为世界级大公司。

以上10点是我们选择大牛股的前提，每一点都有可能催升股价的飞越，有相当多的牛股只是凭借了其中一点。如果一家上市公司能够同时具备多项，那么演出一定很精彩，那么这只个股的未来空间将会非常大。

第三章

选股总法则

## 第一节 广阔的市场前景

在介绍这个选项股思路之前，我们先介绍两种错误的思维，一，很多投资者买进股票时往往把注意力放在上市公司的过去表现，看前一个报告期公司实现的收益情况和增长情况，依据过去来选股。其实股价的涨跌同过去关系不大，可以说基本没有什么关系，股价的表现完全是投资者对未来的预期。二，很多投资者认为通过上市公司的过去的业绩能预测未来的变化。这种做法的理论基础就是过去能证明未来，其实不然，过去只代表过去，未来充满变数，很多企业所实现的辉煌业绩都只是昙花一现，这一点在证券市场比比皆是。

依据过去投资不可去，依据过去预测未来也充满变数，但股价的表现却就是依据未来，如何把握未来，才是选股的根本，一个企业要想实现高成长，或者稳定的增长，企业的市场前景就是问题的根本，不管过去如何辉煌，如果企业没有广阔的市场前景，这家企业就可以果断的回避，企业的市场前景制约着企业的发展空间，因此我们把市场前景作为我们第一个选股思路。

要想尽量准确无误的预测企业未来的发展，首先要预测企业未来的市场前景，因此，对市场的研究变成了首要任务，市场根据其发展前景划分，可分为以下几种。

饱和市场：在市场形成的初期，消费者对产品的需求非常大，生产企业在市场上占有相对有利的地位，什么东西主要是由卖方（生产企业）来决定，也就是企业生产什么，市场上就卖什么，这时的市场完全是生产者导向的市场。这时的企业往往能取得良好的经营业绩，并实现快速的成长，随着市场的扩大，更多的竞争者介入这个市场，市场开始向买方倾斜，产品开始由买方（顾客）来决定，也就是顾客需要什么，企业就生产什么，也就是消费者导向的市场或顾客导向的市场。当一个市场由卖方市场变成买方市场后，产品已达到供需平衡，这时的竞争将会非常激烈，企业的毛利率大幅萎缩，只有那些形成了规模效应的企业才能依靠其成本的优势取得高于市场平均水平的业绩，很多小企业在这样的市场中往往苟延残喘，这个时期的市场就是饱和市场。对于那些处于饱和市场的上市公司，我们尽量不要介入，因为这些公司除非开展新的业务，实现成功转型，否则将很难有大的发展，股价可想而知。现在的家电企业就是处在这个市场之中。

增长性市场，如果一个市场刚刚起步，产品已被消费者认可，市场空间刚刚打开，这时的市场完全是一个卖方的市场，企业在市场中有导向地位，这时的产品毛利率非常之高，产品需求也大幅度的增长，处于这个市场的上市公司将进入一个快速发展的阶段，企业的业绩将会大幅提升，上市公司股价也会随之大幅度上升，这样上市公司将是我们重点关注的对象，很多大牛股就是在这个时期出现的。1996 年的家电行业就是个最好的例证。

新兴市场，有一些市场刚刚应起，消费者往往还处在观望阶段，这时候的上市公司往往也只是刚刚起步，虽然具备想象空间，但是业绩却难有大的提升，这时的上市公司往往会被当做题材来炒作，但是由于没真实业绩的提升，股价波动非常大，这样的上市公司我们可以重点关注，但大家要注意，处在这个阶段的企业，只有极少数能幸存下来，因此风险和机会并存。例如，2000 年的网络股。

所谓"时势造英雄"，一个企业的发展如果没有广阔的市场前景，再好的管理和业绩模式也难以取得快速的发展，可想而知，一个企业在成熟的市场里面争取一席之地有多么困难，这些企业虽然天天浴血奋战，但是生存可能还是会随时受到挑战。

**能过上面的论述，我们得出如下结论**

⊕ 市场前景是企业高速成长的根本。

⊕ 处于饱和的市场中的上市公司难以高速发展。处于新兴市场和增长性市场的上市公司才是我们关注的重点。

⊕ 选择那些市场前景广阔的龙头企业，很多企业虽然有好的市场前景，但竞争优势没有，所取得的成绩可能是昙花一现。

# 第二节　业务模式的定义

上一节我们探讨了市场前景的重要性，市场前景是企业发展的前提，但市场经济条件下，"皇帝的女儿不愁嫁"的观念和行为已不可取，建立一套能实现迅速占领和扩大市场的业务模式非常的迫切和必要。

业务模式就是企业为了实现其产品销售而建立的营销渠道，营销渠道就是上市公司实现利润的平台，这个平台的构造是否科学直接影响到上市公司的利润，因此，业务模式对一个企业来说非常重要，在探讨业务模式之前我们必须先定义下营销，营销就是如何发现、创造和交付价值以满足一定目标市场的需求，同时获取利润的学科。营销学用来辨识未被满足的需要，定义、量度目标市场的规模和利润潜力，找到最适合企业进入的市场细分和适合该细分的市场供给品。

关于营销和业务模式有很多种，我们在这里就不一一介绍，我们这里只讨探讨一种最具潜力业务模式——连锁。

股神巴菲特有句投资名言"我们不是在买股票，而是在买企业"。股神的一句话道出了选股真谛。要想选出大牛股，一个企业的发展和扩张速度才是我们要选的前提，一个企业的经营模式是决定企业发展速度的前提，究竟什么样的企业最具扩张潜力，我认为连锁经营的企业应为首选，因为连锁经营的企业一般是将已经非常成功的经营模式进行简单的复制，这种方法能够实现企业在最短的时间内实现规模扩张，进而形成规模效应，最终实现企业的高速发展。因此，我把连锁经营作为选大牛股的第一方法，在介绍这种选股思路之前，我们先介绍下这种经营模式。我们下面先了解下什么是连锁？连锁的含义是什么？

## 连锁的定义

连锁经营是指众多小规模的、分散的、经营同类商品和服务的同一品牌的零售店，在总部的组织领导下，采取共同经营方针、一致的营销行动、实行集中采购和分散销售的有机结合，通过规范化的经营实现规模经济效益的联合体。连锁店具有经营理念、企业识别系统及经营商标、商品和服务、经营管理四个方面的一致性，在此前提下形成专业管理和集中规划的经营组织网络，利用协同效应的原理，使企业资金周转加快、议价能力加强、物流综合配套，从而取得规模效益，形成较强的市场竞争能力，促进企业的快速发展。根据目前市场发展状况来看，未来零售业不论走向何方，都将迈向连锁经营。

连锁店可分为直营连锁（由公司总部直接投资和经营管理）、特许加盟连锁（通过特许经营方式的组成的连锁体系）、自由连锁（自愿连锁）。

## 直营连锁的定义

直营连锁是指总公司直接经营的连锁店，即由公司总部直接经营、投资、管理各个零售点的经营形态。总部采取纵深似的管理方式，直接下令掌管所有的零售点，零售点也必须完全接受总部指挥。直接连锁的主要任务在"渠道经营"，意思指透过经营渠道的拓展从消费者手中获取利润。因此直营连锁实际上是一种"管理产业"。这是大型垄断商业资本通过吞并、兼并或独资、控股等途径，发展壮大自身实力和规模的一种形式。直营连锁店的定义：本质上是处于同一流通阶段，经营同类商品和提供相同服务，并在同一经营资本及同一总部集权性、管理机构统一领导下进行共同经营活动。

直营连锁主要特点：所有权和经营权集中统一于总部。其所有权和经营权的集中统一表现在：所有成员企业必须是单一所有者，归一个公司，一个联合组织或单一个人所有；由总部集中领导、统一管理，如人事、采购、计划、广告、会计和经营方针都集中统一；实行统一核算制度；各直营连锁店经理是雇员而不是所有者；各直营连锁店实行标准化经营管理。

直营连锁的人员组织形式是由总公司直接管理，直营连锁的组织体系，一般分为3个层次：上层是公司总部负责整体事业的组织系统；中层是负责若干个分店的区域性管理组织和负责专项业务，下层是分店或成员店。

这样的组织形式具有统一资本、集中管理、分散销售的特点，同时给直营连锁店的发展带来了两个方面的影响。其积极影响表现在：①可以统一调动资金，统一经营战略，统一开发和运用整体性事业；②作为同一大型商业资本所有者拥有雄厚的实力，有利于同金融界、生产厂商打交道；③在人才培养使用、新技术产品开发推广、信息和管理现代化方面，易于发挥整体优势；④众多的成员店可深入消费腹地，扩大销售。

## 特许经营的定义

特许经营是指特许者将自己所拥有的商标（包括服务商标）、商号、产品、专利和专有技术、经营模式等以特许经营合同的形式授予被特许者使用，被特许者按合同规定，在特许者统一的业务模式下从事经营活动，并向特许者支付相应的费用。特许经营是一种商业经营模式，而不是一个行业。按照组织分工原则，总部（特许者）负责经营战略规划、商品服务开发等，可以为加盟店（被特许者）提供整套经营技术，并通过培训以及不间断的意见、调查和发展计划以及统一采购配送和广告宣传来帮助加盟店获得更大的收益。而加盟店则可以用较少的投资在短时间内获得经营决窍，并把精力集中放在经营管理、顾客服务上。对于总部来说，通过特许经营可以在短时间内以较少的资金投入迅速扩张。总部以加盟金、特许权使用费、保证金和其它费用等方式从加盟店中提取一部分收益。其中加盟金亦称特许费，一次性收取（一般占投资额的10%～15%；特许权使用费是在加盟店使用特许经营权过程中按一定比例收取；为确保加盟店履行合同，总部可要求加盟店交付一定的保证金，合同到期后退还；其它费用（如广告费），或按一定比例收取或根据总部提供的服务而定。特许经营是一种最简单、成功率最高，在世界各地最易通行的经营模式。因而，特许经营从19世纪末至今在全球长盛不衰。

## 加盟特许连锁体系的好处

加盟特许连锁体系的最大的好处是实现了很多人的"老板梦"，又可以减少自己开办企业的风险。对于加盟者来说，加盟特许连锁体系具有以下优势：

- 享受知名品牌带来的人气和利润；

- 统一采购、统一配送从而降低进货成本；

- 获得质量可靠的商品和服务；

- 可根据总部已获得的经验来选择加盟店最佳地理位置；

- 接受系统培训，用已经证明获得成功的经验来经营自己的企业；

- 附属于知名品牌大旗下，受益于其整体广告所带来的客源；

- 可得到持续不断的经营指导服务；

- 自己做老板但又不孤军奋战，有大公司做后盾，可尽享成功喜悦，而无经营风险。

加盟连锁不但是企业发展连锁体系惯用的成长策略，同时也是个人实现创业梦的捷径。以美国加盟店发展态势而言，早在 1991 年全美的 159 万家零售店中，有将近 35% 的店铺是加盟店，且现在仍在以每 6.5 分钟设立一家新店的速度在增长。加盟连锁的行业遍及百货，超市，医药，餐饮，摄影冲洗，电器，服饰，钟表眼镜，加油站，鞋业，糕点，美容美发等等众多的零售行业。中国连锁经营协会统计，2001 年中国国内已有 600 多个特许经营体系，18000 个特许经营网点，除了加油站和汽车的锁体系以外，特许经营的营业额达到 300 亿元人民币。美国商务部的统计资料表明，独立开办企业的业主，成功率不到 20%，而加入连锁体系开办的企业，成功率高于 90%，如此高的成功率，使"加盟创业"成为人们经商降低投资风险的最佳选择。

## 自由连锁的定义

自由连锁是各连锁公司的店铺均为独立法人，各自的资产所有权关系不变，各成员使用共同的店名，与总部订立有采购、促销、宣传等方面的合同，并按合同开展经营活动。各成员可自由退出。自由连锁经营中的成员店的经营自主权比特许经营加盟店多；特许经营加盟店在合同期内不能自由退出，自由连锁店可以自由退出。

我们可以世界上看到很多连锁经营公司取得了不俗的业绩。1859 年美国纽约就诞生了世界第一家连锁店——大西洋及太平洋茶叶公司，1999 年《财富》全球 500 强排名 438 位，经营收入达到 102 亿美元，排名仅次于法航，超过了吉列公司和耐克等公司。现在，世界出现了很多让人尊敬的企业，如麦当劳、肯德基、沃尔玛等。世界首富沃尔玛家族就是这种行业的代表。

连锁企业为何会取得世人瞩目的成功，主要是因为这种模式给企业提供了高速发展的平台，这种模式最大的特点就是具有完全的克隆功能。连锁这种业务模式的魅力将会在上市公司的经营中继续发出夺目的光彩，苏宁的成功肯定不是最后一个。

**通过上面的论述，我们得出如下结论**：

⊕ 市场前景是舞台，业务模式是舞蹈，管理是舞者。

⊕ 业务模式是实现利润的平台，具有举足轻重的地位。

⊕ 好的业务模式可能会带来好的业绩，但如果没有好的产品，这种业绩只能是一时的，股价也只是一时的表现。只有那些两者具备的上市公司才具备长期表现的潜力。

## 第三节　卓越的管理

管理是门艺术，好的管理能让质素好的企业蒸蒸日上，能让困难企业起死回生。一个企业要想长久持续的发展壮大，管理是必要条件。俗话讲"同行没同利"，这句话告诉我们管理的重要性，我这里之所以用了一个卓越二字来形容管理，是说明简单的复制别人的管理模式并不能形成卓越的管理，有些企业可能是抓住了行业机遇才发展起来，持续经营能力并不强，这点我们要区分开。一个优秀的管理团队才能打造出卓越的管理。

## 管理的因素

### 1. 公司的法人治理结构

公司法人治理结构有狭义和广义两种定义。狭义上的公司法人治理结构是指有关公司董事会的功能、结构和股东的权利等方面的制度安排；广义上的法人治理结构是指有关企业控制权和剩余索取权分配的一整套法律、文化和制度的安排，包括人力资源管理、收益分配和激励机制、财务制度、内部制度和管理等等。健全的公司法人治理机制至少体现在以下几个方面：

（1）规范的股权结构。股权结构是公司法人治理结构的基础，许多上市公司的治理结构出现问题都与不规范的股权结构有关。规范的股权结构包括三层含义：一是降低股权集中度，改变"一股独大"局面；二是流通股权适度集中，发展机构投资者，战略投资者，发挥他们在公司治理结构中的积极作用；三是股权的普遍流通性。

（2）完善的独立董事制度。在董事会中引入独立董事制度，可以加强公司董事会的独立性，这有利于董事会对公司的经营决策作出独立判断。2001 年 8 月，中国证监会发布了《关于在上市公司建立独立董事制度的指导意见》，要求上市公司在 2002 年 6 月 30 日之前建立独立董事制度，这对于我们上市公司独立董事制度的建立无疑具有重大的指导意义。

（3）监事会的独立性和监督责任。一方面，应该加强监事会的地位和作用，增强监督制度的独立性和加强监督的力度，限制大股东提名监视候选人和作为监事会召集人；另一方面，应该加大监事会的监督责任。

（4）优秀的经理层。优秀的职业经理层是保证公司治理结构规范化、高效化的人才基础。而形成高效运作的经理层的前提条件是上市公司必须建立和形成一套科学的市场化和制度化的选聘制度和激励制度。

（5）相关利益者的共同治理。相关利益包括员工、债权人、供应商和客户等主要利益相关者。相关利益者共同参与的共同治理机制可以有效地建立公司外部治理机制，以弥补公司内部治理机制的不足，形成对公司运作规范化的监督。

如果上市公司没有合理的法人治理结构，就会隐藏着潜在的风险，出现很多暗箱操作，会给我们的投资带来意想不到的损失。现在我国上市公司的法人治理结构普遍不合理，一股独大的现象特别明显，独立董事没有发挥应有的作用，管理层多为各地政府机构委派。这些弊端就是导致经常有侵犯广大投资者利益的行为的内因。

## 2. 公司管理层的素质

管理人员的素质是决定企业能否取得成功的一个重要因素。从某种意义来说，一家公司拥有卓越的管理团队，可以使企业顺利渡过难关，使公司有一个可行的发展计划，直接决定着企业的经营成果。在现代企业里，管理人员不仅要担负着企业生产经营活动等各项管理职能，而且还要负责或参与对各类非经理人员的选择、使用与培训工作。因此，对管理人员的素质分析是公司分析的重要组成部分。所谓素质是指一个人的品质、性格、学识、能力、体质等方面特征的总和。一般而言，企业的管理人员应该具备以下素质：一是从事管理工作的强烈愿望；二是专业技术能力；三是良好的道德品质修养；四是人际关系协调能力。

## 3. 公司员工素质

公司的计划最终要通过员工来执行，其员工素质的高低直接决定了公司计划的执行情况，因此，员工团队素质对公司的发展同样重要。好的上市公司不但要拥有一个高素质的管理层，还要拥有一个高素质的员工团队。公司的员工应该具有如下素质：专业技术能力、对企业的忠诚度、责任感、团队合作精神和创新能力等。对员工的素质进行分析，有助于我们判断上市公司未来发展的持久力和创新能力。

## 管理层的重要性

前面我们讲过了管理的很多因素，卓越的管理是一种综合的管理，健全的法人治理结构，优秀的管理层，高水平的员工素质都不能少。打造一个系统的管理体系的核心就是要拥有一个卓越的管理层。管理层的能力直接决定着整个管理体系的优越与否。

如何衡量一个团队的管理水平：

### 1. 高尚的职业道德

职业道德是一个卓越的管理者的前提和必备条件，一个人无论其才能如何，如果没有良好的职业道德，管理根本无从谈起。一个管理者具有高尚的职业道德才能赢得员工的喜欢、信任和敬佩，才能形成一个企业的凝聚力，让员工上下一心，共同打造出一个一流的企业。有此时候甚至需要做自我的牺牲，彼得林奇曾说过"我每天梦见的不是我的妻子和孩子，每天梦到的总是股票"，做为伟大的基金经理，他取得了 13 年平均收益率 29％辉煌战绩，这个成绩超越了股神巴菲特的同期收益，为了这个收益，彼得林奇付出了太多，基本上没有假期，一年考察几百家上市公司，平均每天行程 400 英里，每天工作 12 个小时以上。

### 2. 专业技术能力

专业技术能力是一个优秀的管理者必备的素质之一，只有具备专业技术能力才能为企业制定出符合实际的业务模式，制定切实可行的长远发展战略！

### 3. 敬业精神

"敬业"就是"专心致志以事其业",即用一种恭敬严肃的态度对待自己的工作,认真负责,一心一意,任劳任怨,精益求精。敬业精神是个体以明确的目标选择、朴素的价值观、忘我投入的志趣、认真负责的态度,从事自己的主导活动时表现出的个人品质。敬业精神是做好本职工作的重要前提和可靠保障。中华民族历来有"敬业乐群",敬业是中国人民的传统美德。早在春秋时期,孔子就主张人在一生中始终要勤奋、刻苦,为事业尽心尽力。

### 4. 人际关系的协调能力

很多管理者都把如何提高员工的工作效率当作头等大事来做,调查发现,一个公司的效率同工资收入关系并不大,员工之间的合谐程度才是决定工作效率的决定性因素,因此,有能力协调企业员工的人际关系,形成一个具有凝聚力的团队,可以大大提升企业的效率。因此,管理者处理人际关系的能力直接影响到企业的效率。

## 别迷信管理

所谓"时势造英雄",一个优秀的管理者必须有他发挥能力的地方,当年廉颇在赵国可谓一员猛将,但在其它国家却并非如此。管理层的作用至关重要,但也不要神话了管理的作用,一个企业的发展有很多因素决定,迷信于某些管理者可能会招受无谓的损失。巴菲特曾这样描绘过:"在过去的年报中我们曾谈到购买和经营咸鱼翻身类型公司的结果常常让人大失所望,这些年我们大约先后接触了数十个产业,中数百家有咸鱼翻身可能性的公司,不管是作为当事人还是旁观者,我们持续追踪着这些公司的业绩并与原来的预期比较,我们的结论是除了极少数例外,当一拥有聪明才能的经理人加入一个拥有不良基本经济特征的企业,往往是只有企业的坏名声完好无损,而经理人的好名声却毁于一旦。"

在我们的上市公司里面,出现了很多优秀的管理者,王石、马明哲等,随着上市公司法人治理结构的完善,股权激励机制的推出,将会涌现出更多的卓越管理者,这些管理者会在天时,地利、人和的情况下,打造出一个个的神话上市公司神话,我和大家一起期盼着这些美好日子的到来。

**通过上面的论述，我得出如下的结论：**

⊕ 企业的所有竞争优势来自卓越的管理，质地再好的企业如果管理不善后果都不堪设想。

⊕ 好的管理必须用在具备良好质地的企业上面，否则管理将一无用处。

# 第四节　品牌

## 品牌的定义

　　用来证明所有权，作为质量的标志或其他用途，品牌是一个复合概念，它是商标、名称、包装、价格、历史、声誉、广告风格等的无形总和。在当今社会，品牌已不再是一个陌生的名词，品牌知名度、品牌认知度、品牌识别、品牌联想、品牌忠诚度等已成为人们日常生活中普遍谈论的话题。

## 品牌的作用

　　目前品牌已成为企业在竞争中获取胜利的最重要的砝码，这是因为随着科技的发展，产品同质化（同质比的产品功能或利益）日趋明显，产品之间的差距很微小，消费者不仅重视产品的质量、包装等，而更重视产品的品牌。品牌是消费者得到的一种满足、一种心理的享受。因而企业之间、产品之间的竞争不仅仅是质量之间的竞争，更主要的是品牌之间的较量。

　　要想在竞争白热化的市场经济中占据主导，企业必须引入品牌经营策略，提高品牌管理水平。品牌管理制、品牌经理制、品牌制度论、品牌管家、品牌检测论等应运而生，各领风骚。

制度是品牌飞翔的机制，有了制度，品牌才能有效扩展；有了制度，品牌才能实现有效管理；有了制度，品牌的作用才能凸现出来；有了制度，企业才能得到可持续的发展。

企业文化是战略和品牌的灵魂，它通过影响品牌的形成、创新和传播，促进企业品牌的发展和企业战略的实现动态环境时代及转型经济时期，通过企业家品牌的作用，形成强势的企业文化，让企业文化、管理能力、企业精神以及这种信念对企业绩效具有强大的促进作用，使企业保持持续的竞争优势，基业常青。

## 扩张性品牌

我们前面讲过了品牌的定义和作用，我们回到我们的主题，扩张性品牌。所谓扩张性品牌，指品牌已经形成，并且已被消费者认可，但市场却还有巨大的发展空间，这个品牌的市场占有率并不算很高。

我们知道股价的涨跌很多情况下并不代表过去所实现的业绩，大部分是对未来业绩的预期。因此，好的品牌如果只代表过去的成果，那这个品牌对我们的选股没有任何的意义，我们这里所提倡的是扩张性品牌，我们知道四川长虹的品牌，但这个品牌经过多年的经营已把市场做到饱和，这们的品牌就不具备扩张性，对公司未来的发展作用不大。

**通过上面的论述，我们得出如下结论：**

⊕ 我们选股是注重的是扩张性的品牌，而不是简单的品牌。

⊕ 品牌包含着公司的质地，好品牌的公司其它各个方面都相对优秀。

⊕ 品牌要具备扩张性。众人皆知的品牌如果没有扩张性对股价并不一定是好事。

⊕ 品牌在选股时只是一种参考！

## 第五节  行业壁垒的定义

　　行业壁垒是指行业外的投资者进入行业时所遇到的难以跨越的障碍物，这个障碍物形成了行业的屏障，对行业进行保护，避免了行业的无序竞争，壁垒的高低是由市场竞争、社会发展状况、法律体系完善程度等综合因素决定的。

## 行业壁垒的分类

　　行业的壁垒的形成有很多原因，一些是天然形成的，一些则是政策因素导致的，一些则是市场竞争的产物，成因不同，对上市场公司的影响不同，我们下面具体介绍下主要的几种行行业壁垒。

### 1. 政策性壁垒：

　　政策性壁垒是因为国家为了达到某种目的对一些行业设置的屏障，例如电信行业，军工行业，石化行业等。政策性避垒的坚固性非常强，除非是国家已完成了历史使命，否则不具备可破性，因为国家一般从法律上为进入这些行业设置障碍，这些行业的个股安全系数非常之高，我们在以后的投资中可以重点关注。"股神"大量买进中石油可能就是基于这方面的原因。

### 2. 技术性壁垒：

　　技术性壁垒往往是上市公司具有某种专利的技术或者较高技术门槛，这些专利技术和技术门槛制约着外来资金的流入，形成了一道对行业的保护，例如一些医药行业的专利，一些科技行业的专利和技术，例如：微软的技术门槛。

### 3. 资金型壁垒：

一些行业经过发展之后，已形成了巨大的规模，建立规模需要庞大的资金，资金就会形成对行业的保护，例如：钢铁行业、石化行业、铁路建设。

### 4. 资源型壁垒：

一些上市公司拥有的资源具有垄断性，这些资源很难通过其它途径获得，这些资源就会对行业形成屏障，例如：盐湖钾肥、东阿阿胶等。

## 行业避垒的作用

一些上市公司可能在某个时间段取得了优异的业绩，但是因为公司没有行业壁垒，高收益马上就会吸引众多资金介入，这些资金很快就会将高利润轧平，因此，巴菲特告诫投资者"一家公司如果经常发生重大变化，就可能会因此经常遇到重大损失。推而广之，在一块总是动荡不安的经济土地之上，是不太可能建造一座坚不可摧的经济城堡"。因此我们选股时不要简单的看公司目前的经营业绩，还要看公司的行业壁垒，这些壁垒才是公司长久发展的基石。

我们从上面行业壁垒的种类种看出，行业的壁垒会减少外来的竞争，有效的保护行业的发展，巴菲特把行业壁垒喻成保护企业的护城河，"我们喜欢拥有这样的城堡：有很宽的护城河，河里游满了很多鲨鱼和鳄鱼，足以抵挡外来的闯入者——有成千上万的竞争者想夺走我们市场。我们认为所谓的护城河是不可能跨越的，并且每一年我们都让我们的管理者进一步加宽他们的护城河，即使这样做不能提高当年的盈利，我们认为我们所拥有的行业都有着又宽又大的护城河。"

我们可想而知，很多上市公司没有行业壁垒，这些上市公司每天都要在没人保障的情况下浴血奋战，结果可想而知。

**通过上面的论述，我们可以得出运用这个选股思路时的注意事项**

⊕ 我们所选的股票一定要有行业壁垒，这个"护城河"越宽越好。

✦ 不要被那些没有行业的壁垒的公司短暂的经营业绩
所诱惑。

## 第六节　垄断的定义

垄断（英语：Monopoly）一般指唯一的卖者在一个或
多个市场，通过一个或多个阶段，面对竞争性的消费者垄
断者在市场上能够随意调节价格与产量（不能同时调节）。

垄断是指某种无相近替代产品的商品且只有唯一卖者
企业的市场结构，广义的垄断是指特定主体（或行为人）
在特定市场上的经济活动中排除或者限制竞争的状态或行
为，它不仅表现为实际控制市场的状态（垄断状态）而且
更多地表现为各种实质性排除或者限制竞争的行为，

我国的解释也差不多，说"垄断是指少数企业、企业
集团利用经济优势地位，以协议、共谋或者其它方式、实
质性的限制竞争、排斥竞争，从而在一定经济领域内获取
高额垄断利润的行为。

一般认为，垄断的基本原因是进入障碍，也就是说，
垄断者能在其市场上保持唯一卖者的地位，是因为其他企
业不能进入市场并与之竞争。

## 垄断的分类

垄断的基本原因是进入障碍，也就是说，其他企业在
进入这个行业时存在很大障碍，垄断者能在其市场上保持
唯一卖者的地位，是因为其他企业不能进入市场并与之竞
争。进入障碍产生垄断的原因有三个：

（1）资源垄断：资源垄断是指一家企业或少数几家企
业拥有绝对的资源优势，资源垄断性企业在我们的上市公
司中有很多，例如中石化、盐湖钾肥、峨眉山等。

（2）政府创造垄断：政府给与一家企业排他性地生产某种产品或劳务的权利。政府创造垄断性企业在我们的上市公司中也有很多，例如中国联通等。

（3）自然垄断：指在激烈的市场竞争中，由市场经过市场规律优胜劣汰之后形成的垄断企业，这些企业经常市场竞争的洗礼，生产成本和管理都显得更有效率。例如微软等。

## 垄断产生的背景

垄断是从资本主义的自由竞争中成长起来的。在以自由竞争为基本特征的资本主义发展阶段，资本主义企业为了攫取更多的剩余价值，必然会采取先进的生产技术和科学的管理方法，实行生产的专业化和协作，提高劳动生产率；在激烈的竞争中，大企业往往凭借自己在经济上的优势，不断排挤和吞并中小企业，使生产资料、劳动力和劳动产品的生产日益集中于自己手中。同时，资本主义信用制度和股份公司的发展，突破了单个资本的局限，加速了资本集中的发展，从而也推动了生产集中的发展。生产和资本的集中发展到一定程度，则意味着企业数目减少，一个部门的大部分生产都集中在几个或几十个大企业手中，它们之间比较容易达成协议，共同操纵部门的生产和销售，从而使垄断的产生具有可能；由于少数大企业的存在，使中小企业处于受支配地位，少数大企业之间为了避免在竞争中两败俱伤，保证彼此都有利可图，也会谋求暂时的妥协，达成一定的协议，从而使垄断的产生具有必要性。自由竞争引起生产集中，生产集中发展到一定程度必然走向垄断，是自由竞争的资本主义发展到垄断资本主义阶段的一般的、基本的规律。19世纪末20世纪初，垄断已成为资本主义全部经济生活的基础。

## 垄断对上市公司的好处

由于垄断性企业进入障碍，也就是说，垄断者能在其市场上保持唯一卖者的地位，是因为其他企业不能进入市场并与之竞争。

## 垄断不利因素

　　垄断发展到一定程度就会不利于行业的发展，对普通消费者也会构成伤害，垄断企业靠的不是良好的治理结构，也不是市场技术优势，靠的多数是行政垄断。比如中国石化，其亏损由国家买单；一些银行由财政部给补贴钱核销坏账上市，用股民的钱填新的坑；电信行业想如何收费就如何收费，消费者除了生气没有任何的办法。这就造成了尴尬的局面，老百姓一方面骂着，一方面企业喜欢怎么收就怎么收钱，根本不在乎服务，也不在乎骂。很简单，爱用不用啊！中石油是中国成为亚洲最赚钱的企业，但我们的老百姓却为这些利润买单，中移动大赚，我们老百姓却承受着高额通话费。

　　由于垄断企业拥有自我定价权，是一种无竞争态，因此绝对垄断会严重影响行业的发展，现在很多国家都注意到了这一点，大部分市场经济国家都对垄断进行立法限制，防止垄断对行业发展的不利情况出现，中国《反垄断法》从1994年正式列入人大的立法阶段距今已经有13年，终于在2007年通过《反垄断法》，将天2008年8月1日施行。

　　反垄断法在西方市场经济国家被称为"经济宪法"或者"经济基本法"，目前世界上已有近90个国家制定了反垄断法。

　　作为保护市场竞争、维护市场竞争秩序、充分发挥市场配置资源基础性作用的重要法律制度，《反垄断法》的出台对中国经济能发挥积极的作用，限制垄断行为强对滥用市场支配地位的防范，也将对电信等行政性垄断行业产生重要影响。

　　专家指出，《反垄断法》的出台将对我国电信业实现电信资源优化配置，保障电信市场竞争的公平和有效，提升消费者福利，都具有非常重要的意义。信息产业部电信研究院研究员丁道勤早些时候对媒体表示，《反垄断法》

的出台有利于提高电信监管的透明度，维护电信市场的公平竞争，提升消费者的福利。

## 第七节　行业龙头

### 行业龙头的定义

所谓行业龙头就是在行业中具有领导地位的上市公司，这些公司从其产品占有率，品牌价值，管理水平都在行业中处于绝对优势，这里所说的龙头和前面我们探讨的垄断有着本质的区别，行业龙头只是在行业中处于优势，但并没有形成垄断地位，他的市场地位随时受到其它企业的挑战，它所具备的是竞争的优势，而垄断企业具备无竞争状态。

行业龙头由于其市场占有率高，一般企业规模相对较大，能形成规模效应，能有效的降低成本，取得超市场平均收益的业绩，其次，由于其品牌已深入人心，品牌的拉动力对其经营也起了重要作用，在企业的发现过程中，已形成了一套行之有效的管理模式，高效的管理能让企业在竞争中处于绝对优势。

### 行业的划分

龙头个股由于其竞争优势，在激烈的市场竞争中，往往能取得先机，能取得高于市场的平均收益，因此，这类个股的表现往往比较突出，当这些个股表现时，极容易吸引市场的眼球，激发市场人气，从而实现股价的快速上涨，取得相对较高的溢价。而且龙头个股一般盘子比较大，流动性很好，易于资金的进出。我们这里所提倡的选龙头个股，并不代表所有的龙头个股都值得买，也并不代表龙头个股什么时间都值得买，龙头个股根据其不同的行业周期，要选对股还要选对时。下面我们针对不同的行业周期探讨下如何选股。因此，在选龙头个股时，要弄明白行业的变动周期和行业的生命周期。

### 行业变动周期

国民经济整体上呈现周期性的变化，大部分行业会受宏观经济的影响也会呈现周期性的变化，我们把这些虽宏观经济呈现周期性变动的行业定义为周期性行业；也有一些行业，不管宏观经济如何变动，总会保持一种较为稳定的态势，我们称这类行业为防守型行业；还有一些行业，不管宏观经济如何运行，他都能保持持续增长，我们称这类行业为增长性行业。这些变动与国名经济总体的周期变动是有关系的，但关系密切的程度又不一样。

## 1. 增长型行业

增长型行业的运动状态与经济总水平的周期及其振幅并不紧密相关。这些行业的收入增长的速度并不会总是随着经济周期的变动而出现同步变动，因为它们主要依靠技术的进步、新产品的推出及更优质的服务，从而使其经常呈现增长形态。投资者对高增长的行业十分感兴趣，主要是因为这些行业对经济周期性波动来说，提供了一种财富"套期保值"的手段。在经济高涨时，增长行业的发展速度通常高于平均水平，在经济衰退时期，其所受的影响小甚至能保持增长。这类行业多是处于成长期的行业，很多大牛股出自这个行业，因此，我们在选股时，应把这类股作为首选。

## 2. 周期性行业

周期性行业的运行状态与宏观经济周期变动紧密相关。当宏观经济处于复苏上升时期，这些行业会紧随其扩张；当宏观经济呈现衰退时，这些行业也相应衰落。且该类型行业收益的变化幅度往往会在一定程度上夸大经济的周期性。产生这种周期性的原因是，当经济上升时，对这些行业相关产品的购买相应增加；当经济衰退时，这些行业相关产品的购买被延迟到经济回升之后。例如，钢铁、化工等都是周期性行业。投资周期性行业内的个股一定要分析当时宏观经济周期的运行情况，尽量不要逆经济周期而动。

### 3. 防守型行业

防守型行业的经营状况在宏观经济周期的上升和下降阶段都表现很稳定，这种运行形态的存在是因为该类型的产品需求相对稳定，需求弹性小，经济周期处于衰退阶段对这种行业的影响也比较小，甚至有些防守型行业在经济衰退时还会有一定的实际需求。该类型的产品往往是生活必需品，或是必要的公共服务，公众对其有相对稳定的需求，因而行业中有代表性的公司盈利水平相对稳定。对稳定的投资者，防守型行业内的个股是首选。

# 行业生命周期选股

每个行业的发展历程都要经历一个由成长到衰退的发展演变过程，这个过程就是行业的生命周期。行业的生命周期由幼稚期、成长期、成熟期和衰退期四个时期构成。我们在选股时正确认识我们所要投资的上市公司所处的行业周期，才能制定合理的投资计划。

### 1. 幼稚期

这个时期是一个行业的逐步形成阶段。一个行业的萌芽和形成，最基本和最重要的条件是人们的物质文化需求。社会的物质文化需要是行业经济活动的最基本动力，其次，资本的支持与资源的稳定供给是行业形成的基本保证。行业的形成有三种方式：分化、衍生和新生长。分化是指新行业从原来行业中分离出来，并逐步形成为一个独立的新行业，比如电子工业从机械工业中分化出来，分解为一个独立的新行业；衍生是出现与原有行业相关、相配套的行业，如：因为汽车行业而衍生出现汽配行业等；新生长指新行业已相对独立的方式进行，并不依附于原有行业，如生物医药。在这个阶段，由于新行业刚刚诞生或初建不久，只有为数不多的投资公司投资于这个新兴的行业，开发和研究费用过高而大众对其产品缺乏认识，致使产品市场需求较小，收入低，极有可能出现较大亏损。如1999年左右的网络板块就是如此。实践证明，幼稚期的公司大多数最后将被淘汰，因此投资这类公司相对风险会很高，因为其没有现实的业绩作支撑，在很大程度上是一种题材的炒作，如以前的纳米概念、网络概念的炒作都是如此。

## 2. 成长期

　　行业的成长期实际上是度过了幼稚期后进行行业的扩大再生产的一个时期。各个行业成长能力是有差异的，成长能力主要体现在生产能力和规模的扩张、区域的横向渗透能力以及自身组织结构的变革能力。在成长期的初期，企业的生产技术逐渐成形，市场认可并接受了行业的产品，产品的销售量迅速增长，市场逐步扩大，然而企业可能仍然处于亏损或者微利状态。进入成熟期的企业的产品和劳务已成为广大消费者接受，销售收入和利润开始加速增长，新的机会不断出现，但是企业仍然需要大量的资金来实现高速成长。在这一时期，拥有较强研究开发实力、市场营销能力、雄厚资本实力和畅通融资渠道的企业逐渐占领市场。这个时期的行业增长非常迅猛，部分优势企业脱颖而出，投资于这些企业的投资者往往获得极高的投资回报，所以，成长期是最具投资机会的时期。进入成长期的后期，企业不仅依靠扩大产量和提高市场份额来获得竞争优势，同时还要不断地提高生产技术水平、降低成本以及研制和开发新产品，从而战胜或紧跟竞争对手，维持企业的生存和发展。

　　这个时期是投资股票最好的时候，这一时期的企业的利润虽然增长很快，但所面临的竞争风险也非常大，破产率与被兼并率相当之高。虽然仍存在很大风险，特别是偏爱成长性的投资者，在选股时要以处于成长期的股票为首选。

## 3. 成熟期

　　行业的成熟首先表现在技术的成熟上，即行业内企业普遍采用了适用的，至少有一定先进性和稳定性的技术，其次是产品的成熟，再次是生产工艺的成熟，最后是产业组织的成熟。行业的成熟期是一个相对较长的时期。具体来看，各个行业的成熟期的时间长度是不同的，一般而言，技术含量的行业成熟相对较短，而公用事业成熟期持

续的时间较长。

有以下几个特点：①企业规模空前、地位显赫，产品普及程度高；②行业生产能力接近饱和，买方市场出现；③构成支柱产业地位。进入成熟期的行业市场已被少数资本雄厚、技术先进的企业控制，整个市场现对处于稳定状态，企业竞争手段从价格转向提高质量、改善性能和服务方面，行业利润也因一定程度的垄断而达到较高的水平。

处于成熟期的行业，其利润相对来说很稳定，而且有些公司的规模已达到一定的垄断程度，这些行业的龙头公司已具有蓝筹股的性质，是加之投资者最好的选择。

### 4. 衰退期

行业衰退是客观的必然，是行业经济新陈代谢的表现。行业衰退可分为自然衰退和偶然衰退。自然衰退是一种自然状态下到来的衰退；偶然衰退是指在偶然的外部因素的作用下，提前或者延后发生的衰退；自然衰退又可分为绝对衰退和相对衰退。绝对衰退是指行业本身内在的衰退规律作用而发生的规模萎缩，功能衰退，产品老化；相对衰退指行业结构性原因或者是无形原因引起行业地位和功能发生误差的状况，而并不一定是行业实体发生了绝对的萎缩。衰退期的企业利润不前或不断地下滑，处于衰退行业的上市公司，因其未来可以预期的发展空间不容乐观，所以投资价值也相应降低，这也是很多公司业绩不差，但是股价没有什么表现的原因所在。钢铁股拥有相对较好的业绩，但长时间没有较好的表现就是案例。

## 对行业的重新定义

行业的衰退是自然规律，但一些企业却能在行业衰退时实现转型，这样的企业我们区分对待，任何一个行业，如果不做出战略性的决策，很有可能被市场所淘汰，假如GE一百多年来不是在不停地重新定义市场的话，恐怕它现在还在造电灯泡呢！假如索尼死死抱住它当初横扫千军的收音机不放，而没有重兵杀入彩电市场、录音机市场、摄像机市场、CD机市场，也许我们根本就没有机会知道"SONY"这个商标。而现如今他已经是一家包罗万象的"娱乐业公司"，市场、行业、产品、对手，早已沧海桑田。这些企业抓住了机遇，实现转型，从而避免了行业衰退带来的灭顶之灾，反而迎来了更快更大的发展。

## 行业壁垒在选行业龙头的作用

任何高利润的行业都会被不断流入的资金轧平，如果行业没有壁垒，这个行业的高利润将会很快消失，一个卓越企业的成长史，往往就是一部对其市场、行业、产品、竞争对手不断地重新定义的演进史，很多所谓的龙头个股，只是某个子行业的龙头，并没有太多的行业避垒，这们的企业要小心，在强敌环伺的险境中，很有可能是昙花一现。

**通过上面的探讨，我们的选股思路可以变得比较清晰点，可以得出如下结论：**

⊕ 选取增长性行业的龙头个股，例如，中国平安。

⊕ 选取周期行业正在复苏的个股，例如，中信证券。

⊕ 选取成长期的个股，例如，中国平安。

⊕ 尽量回避衰退期的个股。例如，家电行业。

⊕ 对成熟期的股票要慎重选择。

## 第八节　行业复苏

所谓行业复苏就是一些周期性的行业重新步入景气周期，行业复苏来临时，市场需求扩大，产品价格上涨，毛利率提升，公司赢利大幅度提升，整个行业一幅繁荣景象，例如：2005 年中国股市进入上升周期，券商类个股就是最明显的例子。周期性行业的特征并非产品价格的周期性波动，而是该行业的景气程度有周期性波动，较明显得有水泥、房地产、纺织、有色金属等，在市场经济条件下，行业产品价格形成的基础是供求关系，而不是成本，成本只是产品最低价的稳定器，但不是决定的基础。市场经济的特征就是行业投资利润的平均化，如果某一个行业的投资利润率高了，那么就有人去投资，投资的人多了，投资利润率就会下降，如此周而复始，就形成行业的周期性变动。

## 行业变动周期

国民经济整体上呈现周期性的变化，大部分行业会受宏观经济的影响也会呈现周期性的变化，我们把这些虽宏观经济呈现周期性变动的行业定义为周期性行业；也有一些行业，不管宏观经济如何变动，总会保持一种较为稳定的态势，我们称这类行业为防守型行业；还有一些行业，不管宏观经济如何运行，他都能保持持续增长，我们称这类行业为增长性行业。这些变动与国名经济总体的周期变动是有关系的，但关系密切的程度又不一样。因此，行业按变动周期来划分，基本可分为增长型行业、周期性行业和防守型行业，行业复苏主要针对周期性行业而言。

周期性行业的运行状态与宏观经济周期变动紧密相关。当宏观经济处于复苏上升时期，这些行业会紧随其扩张；当宏观经济呈现衰退时，这些行业也相应衰落。且该类型行业收益的变化幅度往往会在一定程度上夸大经济的周期性。产生这种周期性的原因是，当经济上升时，对这些行业相关产品的购买相应增加；当经济衰退时，这些行业相关产品的购买被延迟到经济回升之后。例如，钢铁、化工等都是周期性行业。投资周期性行业内的个股一定要分析当时宏观经济周期的运行情况，尽量不要逆经济周期而动。

行业同宏观经济息息相关，因此，大部分行业都是周期性行业，对周期性行业的把握对我们的投资有非常重要的价值。

## 如何把握行业的周期

行业的周期按目前的经济理论去预测，基本难以找出什么理论能准确预测得非常准确，但是我们可以从行业的一些数据去发现行业变动的蛛丝马迹。例如：在 2003 年，很多人预测加入世会对汽车行业造成冲击，但结果却让大多数专家大跌眼镜，压抑已久的购买力在降价之后出现爆发，汽车行业的业绩不但没有受到影响，反而出现了大幅度的提长，这时很多人并没有从行业冲击的理论中走出来，加上股市相对低迷，业绩的大幅度提升并没有反应在股价上，这时就给了我们一绝佳的介入时机，我们可以看下当时的长安汽车的业绩和股价走势，当时长安的业绩大幅度的提升，但股价只是小幅攀升，这时股价并没有反应行业复苏的潜力，这时长安就是介入良机。

**我们得出如下结论：**

⊕ 行业的复苏创造的投资机会非常多。

⊕ 不要投资复苏后股价已完全消化了基本面变化的个股。

⊕ 要投资行业复苏的龙头个股。

⊕ 不要预测行业的复苏，行业复苏时再介入并不晚。

## 第九节　重组

在谈重组这个选股的思路之前，我们先要清醒的认识下重组这个思路的风险性，重组对于上市公司来说是个大工程，存在很多变数，这个变数会导致股价出现大幅波动，因此，对于重组股我们必须清楚它的风险性，有时它的变数可能是致命的！这也是很多专业人士把投资重组股当成投机的原因，很多机构更是拒绝投资重组股。但是在风险性的背后，有一个不争的事实，在中国股市，绝大多数的大牛股并不是来源于所谓的蓝筹股，偏偏来自于重组股，事实的存在让我们不能回避这个选股思路！回避它，就意味着丢掉了绝大多数的机会，问题是我们对其风险性的防范。想做到尽量降低我们实际操作时的风险性，就必须清醒的认识到重组的概念和重组股的运行模式。

## 重组的定义

重组是企业为了实现资源的优化配置，对资产、债务、人员进行的一系列整合。

按重组范围可分为内部重组和外部重组。

### 1. 内部重组

内部重组是指企业（或资产所有者）将其内部资产按优化组合的原则，进行的重新调整和配置，以期充分发挥现有资产的部分和整体效益，从而为经营者或所有者带来最大的经济效益。是指企业将原企业的资产和负债进行合理划分和结构调整，经过合并、分立等方式，将企业资产和组织重新组合和设置。狭义的资产内部重组仅仅指对企业的资产和负债的划分和重组，广义的资产内部重组还包括企业机构和人员的设置与重组、业务机构和管理体制的调整。目前所指的资产重组一般都是指广义的资产重组

在这一重组过程中，仅是企业内部管理机制和资产配置发生变化，资产的所有权不发生转移，属于企业内部经营和管理行为，因此，不与他人产生任何法律关系上的权利义务关系。

### 2. 外部重组

外部重组使企业或企业之间通过资产的买卖（收购、兼并）、互换等形式，剥离不良资产、配置优良资产，使现有资产的效益得以充分发挥，从而获取最大的经济效益。是指通过不同的法人主体的法人财产权、出资人所有权及债权人债权进行符合资本最大增值目的的相互调整和改变，对实物资本、无形资本等资本的重新组合。

这种形式的资产重组，企业买进或卖出部分资产、或者企业丧失独立主体资格，其实只是资产的所有权在不同的法律主体之间发生转移，因此，此种形式的资产转移的法律实质就是资产买卖。

从产权经济学的角度看，资产重组的实质在于对企业边界进行调整。从理论上说，企业存在着一个最优规模问题。当企业规模太大，导致效率

不高、效益不佳，这种情况下企业就应当剥离出部分亏损或成本、效益不匹配的业务；当企业规模太小、业务较单一，导致风险较大，此时就应当通过收购、兼并适时进入新的业务领域，开展多种经营，以降低整体风险从会计学的角度看，资产重组是指企业与其他主体在资产、负债或所有者权益诸项目之间的调整，从而达到资源有效配置的交易行为。

资产重组根据重组对象的不同大致可分为对企业资产的重组、对企业负债的重组和企业股权的重组。资产和债务的重组又往往与企业股权的重组相关联。企业股权的重组往往孕育着新股东下一步对企业资产和负债的重组。

对企业资产的重组包括收购资产、资产置换、出售资产、租赁或托管资产、受赠资产，对企业负债的重组主要指债务重组，根据债务重组的对手方不同，又可分为与银行之间和与债权人之间进行的资产重组。

资产重组根据是否涉及股权的存量和增量，又大致可分为战略性资产重组和战术性资产重组。上述对企业资产和负债的重组属于在企业层面发生、根据授权情况经董事会或股东大会批准即可实现的重组，我们称之"战术性资产重组"，而对企业股权的重组由于涉及股份持有人变化或股本增加，一般都需经过有关主管部门（如中国证监会和证券交易所）的审核或核准，涉及国有股权的还需经国家财政部门的批准，此类对企业未来发展方向的影响通常是巨大的，我们称之为"战略性资产重组"。战略性资产重组根据股权的变动情况又可分为股权存量变更、股权增加、股权减少（回购）三类。

股权存量变更在实务中又存在股权无偿划拨、股权有偿协议转让、股权抵押拍卖、国有股配售、二级市场举牌、间接股权收购等多种形式，股权增加又可区分为非货币性资产配股、吸收合并和定向增发法人股三种方式，而股权回购根据回购支付方式不同，则可分为以现金回购和以资产回购两种形式。

## 对重组股投资的要领

重组作为实现证券市场资源优化配置功能的重要途径，是证券市场的一个永恒的主题，曾经为投资者提供无数的投资机会。据调查显示，在中国证券市场中，75％以上的大牛股来自重组股，可见把握对重组股的投资机会是多么的重要。

重组其实质就是对上市公司资源进行优化配置，重组力度的大小直接影响到上市公司基本面的变化情况，并最终影响到上市公司的经营业绩。正因为重组可以使上市公司基本面发生本质的变化，所以上市公司一旦具有重组题材，其股价一般也会出现剧烈的波动，会给投资者带来很多大投资机会，因此学会如何把握重组题材对投资者至关重要。我们可以从以下两个方面来把握重组股。

基本面：针对不同的重组方案，我们采取不同眼光来看待。对于一些只是产业重组的公司，一般基本面并不会发生太大的变化，很多情况下是"换汤不换药"，对于这类重组现象，最好是以平常心来看待；而对于买壳来重组的上市公司，其基本面会发生根本的变化，我们要通过具体分析买壳方的基本面来分析对上市公司股价的影响。例如：万象集团（600823）。而对于以资产转换来进行重组的上市公司则要看置入资产的质量。

技术面：因为对基本面的分析比较复杂，一般投资者很难去把握，学会通过技术面来投资重组股不失为一条捷径。对于重组只处于朦胧阶段的个股，其表现一般都比较温和，一般情况下，只要真正的重组方案没出台，股价就很难会出现逆转，但是，这类重组股行情基本是见光死，我们可以在重组题材处朦胧期时谨慎介入。而对于突发性的重组题材，我们要区分当时大盘所处的市道，而采取不同的操作策略，在牛市行情中，重组题材一般会走出两浪上升行情，每一浪因为来得太突然，很多股票是以涨停的方式来完成第一浪的，基本没有什么操作性，我们可以在第一浪调整时介入，捕捉第二次升浪的到来；但是在熊市中，重组题材一般会一次消化完毕，对这种市道的重组题材，最好敬而远之。

需要提醒投资者注意的是，重组带来的并不全是"金条"，其风险和机会一样，都十分巨大，特别是一些别有用心的机构为了其私利，而进行曲的虚假重组，或者利用假的重组消息来欺骗投资者，以达到其顺利出货的目的，最出名的"苏三山事件"就是如此。因此对投资重组股的风险控制和选择重组股的入市机会同等重要。

# 第十节　题材

在介绍这个选股思路之前，我先声明下，我对所谓的题材股并不太感兴趣，因为太多的题材股完全是炒作，并不能带来上市公司质的变化，这种纯粹的投机性行为我并不认可，而且还发自内心的反对。题材股之所以会产生，很多情况下，这些题材只是一种想象的空间，很多时候是一些操纵市场的群体编造的一种"莫须有"的东西，题材的出现往往是股价已出现了一定的涨幅，因此，题材股整体风险远远大于利润，当然，事物具有两面性，一些大的体题背后蕴藏着重大的机会，这些机会能让上市公司从中产生真实的收益，例如：奥运题材等。

现在市场投资者往往将题材股和重组股混为一体，其实两者有着本质的区别，题材股是一种外部因素引发的内在的变化，重组则是内在的结构变化。对两者的正确认识有利于我们选股时分析判断。

## 题材定义

题材就是上市公司的外部因素出现了某种变化，这种变化让上市公司具有了某种内涵，这种内涵可能引起上市公司质的变化。这种内涵会引发投资者的想象空间，进而导致股价的炒作。例如：奥运会在中国举办，引发了一些与奥运有关的个股的想象空间，形成了奥运题材；能源的短缺让投资者借题发挥，对一些生产能源替代产品的上市公司具有了题材，生产酒精和生产太阳能电池的个企业就具备了新能源题材；股指期货的预期推出让一些拥有期货公司股权的上上市公司具有了期货概念；节能减排让一些环保概念股收益。

## 题材股炒作阶段

在牛市行情的初期，有相当多价值被低估的上市公司可以投资，市场资金往往重点关注一些价值低估的品种，题材股只是点缀行情的野花。随着行情的发展，价值低估的个股被挖掘殆尽，主力就开始讲故事，题材股就应运而生，因此，题材股往往出现在牛市行情的末期。

**通过上面的论述，我们得出选题材股时注意事项：**

⊕ 把握具有实质影响力的题材。我在前面说过了，我对很多题材股的炒作并不感兴趣，因为很多人为的题材股往往是某些利益群体的烟雾弹，在这些烟雾弹的背后，肯定是做着牺牲很多不明真相投资者的利益。因此，我们对题材股的参与一定要把握一些真正的能带来上市公司质的变化的题材。

⊕ 把握题材股的龙头。题材股的炒作往往会有一个龙头股出现，这个龙头股往往就是题材对其影响最大的个股，奥运题材出现，我们就要把握奥运概念的龙头个股—中体产生。对中体产生的选择我们将会在后面的章节中详细的论述。

第四章

选股方法在实战中的应用

前面我们介绍了选取长线股的十种方法，这十种方法是分割开的，事实上称之为方法有些欠妥，其实它是选取长线股的十大要素，实际应用时要重新揉和到一块，这十个方面的每一个方面都可能引发股价的大幅波动，真正的大牛股往往是合力的体现，这十个要素形成共振才会产生超级大牛股，在后面的实战案例中，我们可以看到很多大牛股是很多要素的综合体现，有些选股方法只是体现在重要一点而已，综合十种选股思路，我们可以把真正在市场中出现的大牛股分析为以下几种。

以上十个方面之中，广阔的市场前景、一流的业务模式和卓越的管理水平是所有大牛股必备的前提条件，这三个条件缺一不可，没有市场，巧妇难为无米之炊，没有一流的业务模式，酒香也可能无人问津，没有卓越的管理水平，好经也会被歪嘴和尚念坏，三个方面的完美结合才可能真正的打造出大牛股，在选股时，这三个方面是必选和首选，坚实的行业壁垒是大牛股的护身符，如果具备了这一点，这个大牛股会让我们投资时非常的安心，一些没有坚实的行业壁垒的上市公司可能具备前三个方面，也会走出一段大涨行情，但是安全系数不高，行业饱合后就会走向下坡路，例如：四川长虹就这类个股，我们后面所要详细介绍的盐湖钾肥则不同，是一个具有护身符的长线大牛股，类似苏宁电器这样的牛股都会出现到顶的时候，这类个股到顶往往是市场出现饱和，一旦见顶，将很难有大的发展，是前三个方面，是每只大牛股都必须具有的前提条件。

超级长线大牛股。这些个股往往是融合了几个方法于一身，例如中国平安就是此类个股，这类个股每一次的回调都是选择机会买进。

周期性大牛股。周期性行业的个股往往是形成周期性大牛股的主要原因，这类个股会不断的轮回出现行情，每一次行业复苏就是一次机会，对这类个股一定要学会把握行情的拐点，中信证券和江西铜业就是这类个股的代表，如果不注间把握周期性拐点，周期性大牛股可能会让你有坐过山车的感觉。

一次性牛股。重组和题材造成的个股具备一次性，这类个股往往会一次表现透支，一旦重组的题材出现，或者题材兑现，就会出现见光死，对这一类个股的炒作以炒朦胧为主，无数次的案例证明，见光死是重组和题材股的特点，以后再如何表现那要看基本面变化的情况。如果我们生活在重组股的光环之中，可能深受其害，所有荣耀代表的都是过去。

总之，我们在选取长线股时，十个选股要素都要通盘考虑，一只个股具备的要素越多，产生的合力越大，这只个股未来的潜力也越大。

# 第一节　一流的业务模式——连锁经营

## 苏宁电器

　　苏宁上市之时正值中国国证券市场低迷时期，苏宁的品牌并不象现在这样家喻户晓，当时很多机构并不看好苏宁的未来，苏宁上市定价时，机构最高给他的定价是 19元，甚至有机构给出 10 元的定价。我当时在一家机构负责给新股定价，我们当时给出苏宁 28 元的定价，在所有机构中最接近苏宁的实际定价，我之所以对苏宁如此看好，苏宁的业务模式是最大原因，看到了这种业务模式的发展潜力。在苏宁上市之前，国内还没有一家真正意义上连锁经营的上市公司。

　　股神巴菲特有句投资名言："我们不是在买股票，而是在买企业"。股神的一句话道出了选股真谛。要想选出大牛股，一个企业的发展和扩张速度才是我们研究的根本，一个企业的经营模式是决定企业发展速度的前提。究竟什么样的企业最具扩张潜力？我认为连锁经营的企业应为首选。连锁经营企业一般是将已经非常成功的经营模式进行简单复制，这种方法能够实现企业在最短时间内实现规模扩张，进而形成规模效应，最终实现企业的高速发展。因此，我把连锁经营作为选大牛股的第一方法。

　　张近东运用连锁经营将苏宁电器打造成一个商业奇迹，苏宁电器是中国证券市场将连锁这种业务模式运用到恰到好处的典范。对于连锁经营的奇迹，苏定电器并不是第一个，但却是上市公司中第一个，可以断定绝不是上市公司最后一个，通过对苏宁电器这个成功案例的研究分析，对于我们把握同样情况上市公司将轻而易举，未来同样的牛股将成我们的盘中餐。

## 卓越的管理——掌门人张近东

2006 年《新财富 500 富人榜》分析认为，中国零售行业富人是近年来中国财富增速最快的人群，零售业富豪人均财富增长 308％，其中张近东是其中一个样板。

张近东打造了苏宁传奇，在了解这个传奇故事之前先了解下这个传奇故事主人翁！回顾张近东年传奇人生，用"神速"两字形容苏宁电器的发展一点也不为过。

1984 年，张近东南京师范大学中文系毕业，进入南京鼓楼区一家区属企业。凭借敏锐的眼光，张近东在工作之余承揽了一些空调安装工程，获得了 10 万元创业资本，这是张近东的第一桶金。

1990 年 12 月，27 岁的张近东在众人惊诧的目光中，凭着"初生牛犊不怕虎"的劲头辞去了固定工作，在远离闹市的南京宁海路上租下一个面积不足 200 平方米的小门面，成立了一家专营空调批发的小公司——苏宁家电，开始了个人和苏宁电器的创业历程。谁也不会想到，十几年后，从这家并不起眼的"小门面"，竟然驶出一艘中国屈指可数的家电连锁业"航母"，而其掌舵人张近东则成为"中国连锁风云人物"。

当时空调还属于奢侈品，利润空间巨大。张近东抓住机会，下海第一年就做到了 6000 万元。他今天仍记得，1991 年出差深圳时，席间一位供应商对他说："现在百万富翁不稀罕，深圳已有千万富翁啦。"听了这话，张近东只是默默多喝了两杯酒，但心里却在偷着乐："我也已经挣到 1000万了。"这一年张近东年仅 28 岁。

在当时南京国有大商场眼中，半路杀入空调业的民营企业苏宁电器无疑是"异类"。而张近东在服务和价格上又具备明显优势，更引起各大商场不满。1993 年，"八大商场"联合发动空调大战向苏宁发难。宣称将统一采购、统一降价，如果哪家空调厂商供货给苏宁，他们将全面封杀该品牌。这场商战是中国家电业第一次在卖方市场下出现的"价格战"，也是计划经济与市场经济的一次激烈碰撞。不过苏宁反而一战成名，凭借平价优势当年空调销售额达到 3 亿元，一跃成为国内最大空调经销商，最终成为这场大战的赢家。那场战役最终以大商场的失败告终。张近东至今回忆起来仍不无得意。这个老大，苏宁一当就没有再下来。

1995 年以后，中国家电市场出现供大于求状况，许多制造商直接渗透零售市场。为此，张近东逐渐缩减批发业务，开始自建零售终端，卖家电也从单一空调逐步增加到综合电器。1996 年，苏宁进入扬州市场，标志其开始走出南京探索家电连锁之路。

2000 年对于苏宁电器是个转折年。这一年苏宁停止开设单一空调专卖店，全面转型大型综合电器卖场，并喊出"3 年要在全国开设 1500 家店"的连锁进军口号。当年投入使用的苏宁南京新街口店，成为苏宁转型的标志。苏宁南京新街口店位于苏宁电器大厦内，该大厦位于南京最大商圈新街口商圈中心，属"黄金建筑"。大厦落成之初就有人劝张近东把这栋楼出租，一年至少可以净赚 3000 万元，但张近东却坚定地表示："哪怕亏 4000 万，苏宁也要做家电卖场"，结果 2000 年一年，苏宁为该卖场投入 2000 万元。但由此苏宁进入一个新行业，搭建了一个团队。没有当年的决定，也就没有今天的苏宁。时至今日，时间证明了张近东的正确选择，苏宁的全国连锁体系也在快速扩张：2001 年平均 40 天开一家店，2002 年平均 20 天开一家店，2003 年平均 7 天开一家店，2004 年平均 5 天就开一家新店，而今年前 4 个月，苏宁平均 2 天就开一家店。张近东当初准备亏 4000 万元开的南京新街口店，如今已成为全国家电销售第一店，一年销售额达 10 亿元。

"2000 年我们提出要在全国开出 1500 家店时，受到业界颇多质疑。当时压力很大，但现在回头看这个计划最终还是要实现。"张近东语气中充满坚定。

2004 年成为张近东事业的重大里程碑，2004 年 7 月 21 日，苏宁电器在中小板上市，公司一上市就受到众多机构的追捧！当日以 29.88 元开盘价高价开市，股价一路攀升，至下午收盘每股报收 32.70 元，涨幅 100.24%，一举成为沪深两市第一高价股，张近东身家也因此一夜超过 12 亿元。

"在经历 15 年稳健发展后，2005 年苏宁全国连锁发展已进入批量生产阶段。我们现在不再制定具体的开店数量指标，而是放手看自己到底能跑多快。"如今这位家电业的"带头大哥"，似乎更着意苏宁的未来。

2005 年 5 月 12 日，张近东率苏宁高层赴美国商务考察，访问了美国最大的家电连锁百思买集团、A.O·史密斯的整体厨卫和摩托罗拉的研发基地。他感到："与国际巨头相比，我们还很弱小，有很大的差距。最大的差距不是国际巨头发展的历程长，而是他们的理念超前。站在国际市场上看，我们能看到自己理念上的巨大落差。现在我们前进的步伐已经够快，但是如果添上国际先进理念这双翅膀，我们一定会更加飞速发展"。

当被问到怎么看待即将进入中国的全球家电巨鳄百思买时？张近东说，就像一个通常需要仰视对方的人，某一天突然发现，他们能平等交流和沟通，这种心情的产生不仅仅是因为发现了自己在实力上的提升，更重要的是从这一刻开始有了足够的信心。张近东感慨地说："观念是制约中国人赚大钱的最大阻力。要有一种创造财富、赚取财富的动力，并快速地付诸行动，不要怕失败，跌倒了再爬起来。如果一味地求稳怕输，那就很难成功了。"

在美国百思买集团考察了几天之后，张近东说，百思买也是专门做电器流通的连锁企业。它现在所处的阶段就是苏宁马上要经历的阶段。尽管我们不可能跟他们完全一样，但是，他们的管理技术不能不说对苏宁的成长有着重要的参考价值。"百思买的今天，就是苏宁电器的明天。他们就像一面可以照见未来的镜子，我从中看到了苏宁电器的未来"。张近东对这一点深信不疑。对百思买的钟情，暗示出苏宁的下一步蓝图。

## 卓越的管理之二——苏宁众将点评

短短十几年的时间，张近东传奇般地将苏宁电器迅速打造成国内家电连锁业的超级帝国，张近东也成为中国商界的领军人物。从上世纪90年代 27 岁的张近东怀揣 10 万元在南京宁海路一家不起眼的门店里创立了苏宁电器开始。目前，苏宁电器是中国 3C（家电、电脑、通讯）家电连锁零售企业的领先者。2005 年苏宁电器销售额近 400 亿元。在这些神话的背后，究竟还有那些人物再同张近东一起创造这一切呢？张近东说："当你赚 1000 万的时候，那是你自己的，当赚更多钱的时候，就是属于社会的，苏宁是社会的，我只是管理者和责任者。"在成就社会化苏宁的道路上，张近东打造出一个能征善战的管理团队，他一直乐于与元老和骨干分享成功的机会和舞台。

以 2006 年中报两市上市公司市值排名（个人股东）计，张近东、陈金凤赫然位列第 1 和第 3 位，蒋勇、金明并列 22 位，在千余家上市公司中一枝独秀。另一位高管赵蓓两个月套现逾 8 亿元，已将纸上富贵落袋为安。苏宁的功臣名将中还有数人持有数量不等的公司股份。

在苏宁创业历程中，张近东将不少股权赠与高管，他们为苏宁的快速扩张立下汗马功劳。而随着苏宁电器的发展，张近东持股比例虽然下降，持股市值却没有缩水，与上市时相比，其身价已激增数倍，其他一些高管也随张近东一起一飞冲天，跻身千万、亿万富翁行列。

今年 10 月，苏宁电器大区总监陈金凤以 13 亿元的身价成为江苏女首富。陈金凤曾经是南京空调销售领域的女强人，拥有广泛的市场网络资源，加盟苏宁后，她提出连锁经营等诸多建议，为苏宁在西南的发展立下大功。

苏宁电器首批限售股份解禁后，"四当家"售后服务管理中心总监赵蓓两个月内持续巨额抛售名下股份套现逾 8 亿元的行动引起市场广泛关注。赵蓓也是持股超过 5% 的四位发起人股东之一，减持前持股占总股本的 4.33%，为公司的第四大股东。现在赵蓓尚持有公司 0.98% 的股票，其中部分仍可以自由抛售。

"少壮派"蒋勇在 70 年代生人中可谓幸运。1995 年，24 岁的蒋勇从江苏省管理干部学院毕业就进入了苏宁，成为当时这个行业为数不多的空调业务员之一。10 年之中，他创下两项苏宁纪录，一是建了 70 多家连锁店，建店最多；二是担任重要职务最多的高管。在苏宁，蒋勇是上下公认的连锁发展开路先锋。

金明是苏宁董事兼副总裁。55 岁的金明财务出身，曾在企业和政府机关任职，1999 年加盟苏宁，任公司审计部经理，2002 年 10 月起任公司总经济师兼审计部经理，目前持股与蒋勇份额相当。在苏宁一次次轰动业界的大手笔行动中，金明往往充当着急先锋。今后，在苏宁不断推进中国家电市场的全球化进程中，有着海外生活经历的金明应该是身手不凡。

## 广阔的市场前景

目前中国家电零售企业超过 3.2 万家，而美国的家电零售企业不足 1000 家，但美国百思买等排名前 4 位的连锁零售企业市场占有率达到 91% 以上，日本家电市场也被小岛、山田等四五家连锁企业瓜分，而中国排名前 5 位的连锁零售企业在整体消费电子市场中的占有率不足 25%，即便"老大"国美，也仅占 6% 份额。从这些数据来看，苏宁的发展空间还很大，资本市场和零售市场显然给张近东留出了双重想象空间。广阔的市场前景是给苏宁的发展提供了舞台，让具有卓越管理才能的张近乐可以尽情施展其才华。

## 超级赢利能力

从前面我们看到苏宁拥有了好的业务模式——连锁，同时又具备一个卓越的管理团队，又拥有广阔的市场前景，这一切对苏宁来说是"天时、地利、人和"。公司具备了高速发展的平台，公司的经营业绩反映了这一切。自从苏宁电器上市后，募集资金发挥了作用，资本市场为苏宁的发展提供的足够的动力，业绩是连年大幅度增长，2006 年公司实现主营业务收入 249 亿，净利润增长 105%，2007 年中报，公司净利润再度预增 100%，这种业绩增长带度再次显示了掌门人的"神速"。

## 苏宁电器的股价表现

美国最大的家电连锁企业百思买，在 1989－1999 年 10 年间，其股票价格翻了 100 倍。全球零售巨头沃尔玛在上世纪 80 年代到 90 年代，股价也翻了 500 倍。苏宁的股价虽然还没有达到这些巨无霸的表现，但从股价的上涨速度上已远远超越了这些公司，因为苏宁在资本市场上才三岁。苏宁电器从 2004 年 7 月 21 日上市，开出了 29.88 元的吉利价格，当天就成了苏宁电器的底，之后股价一路攀升，在中国股市最低迷的 2004 年和 2005 年，苏宁的股价从来没有止住上升的步伐。这一切来源于公司业绩的强劲增长。

图4-1　苏宁电器

表4-1　苏宁电器近年业务成长情况

| | 2007 | | 2006 | | | | 2005 |
| | 06-30 | 03-31 | 12-31 | 09-30 | 06-30 | 03-31 | 12-31 |
|---|---|---|---|---|---|---|---|
| 每股收益（元） | 0.4012 | 0.1752 | 1 | 0.6 | 0.71 | 0.1 | 1.05 |
| 每股收益增长率 | -43.74 | 69.04 | -4.4104 | -47.6301 | 8.0672 | -38.6018 | -46.2499 |
| 经营净利率(%) | 3.0468 | 1.4111 | 2.8896 | 2.4679 | 2.2993 | 0.6912 | 2.2002 |
| 经营毛利率(%) | 13.1765 | 10.8609 | 10.2408 | 10.0562 | 9.287 | 8.5167 | 9.5352 |
| 资产利润率(%) | 7.6702 | 2.0038 | 17.0262 | 10.4941 | 6.9909 | 1.3076 | 17.2446 |
| 资产净利率(%) | 5.1323 | 1.334 | 10.931 | 6.6469 | 4.45 | 0.7788 | 10.9933 |
| 净利润率(%) | 3.0468 | 1.4111 | 2.8896 | 2.4679 | 2.2993 | 0.6912 | 2.2002 |
| 主营业务收入(元) | 18983091473 | 8949298959 | 24927394920 | 17545829548 | 11177678627 | 5029590374 | 15936391188 |
| 主营收入增长率 | 69.8304 | 77.933 | 56.4181 | 54.6548 | 57.5094 | 60.8539 | 74.9858 |
| 净利润增长率(%) | 125.04 | 263.281 | 105.430 | 102.585 | 109.021 | 121.033 | 93.5004 |

## 华天酒店

　　长期来说，市场是投票器，没有基本面的变化和预期，股价很难有良好的表现，华天酒店从 1996 年上市之后，只在当年的大牛市之中有所表现，之后的十年之中，由于基本面没有亮点，股性相当不活跃，成为了被市场边缘化的一只个股，2005 年的大牛市华天酒店再次成为了明星股，股价暴涨了近 20 倍，内因就是上市公司出现转机，给投资者提供了想象空间。这家上市公司上市很久，品牌不错，但是股价却基本没有太大的表现，原因之一就是业务模式的单一，业绩没有成长性，自从上市公司引入连锁经营的业务模式之后，华天酒店的业绩也出现了快速提升，华天酒店受到了众多机构的青睐，从一只无人问津的边缘化的个股变成了基金重仓股，华天酒店也成证券市场的明星股。

　　华天酒店的成功同样不止是业务模式的问题，还具备了前提条件，酒店业广阔的市场前景，酒店业的广阔前景让华天酒店的业务模式如虎添翼，目前华天酒店的业务主要集中湖南省境内，还有非常广阔的市场空间，华天目前的发展水平在酒店连锁企业来说，只属于初创期，发展到目前的水平，对华天来说已是走到了十字路口，进一步海阔天空，象一架在跑道上高速滑行的飞机，如果管理跟得上去，华天就会起飞。真正发展还要看华天酒店的管理水平，现在管理水平已是决定华天明天命运。

　　国内的酒店连锁业只是刚刚起步，上市公司之中，锦江酒店，中青旅都在进行连锁的运作，虽然巨大的市场前景给公司提供发展空间，但是竞争也非常激烈，连锁的业务模式为这些公司的发展提供了想象空间，最后鹿死谁手，谁能成为中国酒店业的霸主还要看管理水平。

　　在这里衷心的希望华天一路走好！

## 广阔的市场——万亿元大市场

　　随着中国经济的高速发展，我国的酒店业目前发展也十分迅速，2004 年我国住宿与餐饮业营业总额 1 万亿元人民币，历史上首次突破万亿元大关，约占国民生产总值的 7.3％左右，成为我国国民经济的重要产业。其中住宿企业 30 万家，营业额达 3000 多亿元，餐饮企业 400 万家，营业额突破 7000 亿元大关。随着我国改革开放的进一步深入，国民经济的持续快速发展，人民生活水平的不断提高，我国国际化进程的逐步加快、北京奥运会、上海世博会、乃至广州的亚运会大型活动的成功举办、2020 年我国将成为世界最大的旅游目的地等众多利好因素，我国酒店业无疑将有进一步的发展。大的经济环境为华天酒店提供了广阔的发展空间。

## 扩张性品牌——华天酒店

1988 年华天酒店还是一家资产只有 300 万元的部队招待所，1993 年组建华天集团公司，1998 年华天集团由军队移交地方政府管理。目前拥有员工近 9000 人，总资产 35 亿元，下属全资、控股及具有实际控制力的子公司 28 家，其中 3 家控股上市公司（"华天酒店"、"银河动力"、"力元新材"），经营辐射北京、广州、深圳、成都、海南等大中城市及香港、东南亚、欧美等地区。酒店业居中国饭店业 20 强，全球 300 强。共有 18 家连锁酒店和 3 家餐饮连锁店。其中五星级酒店 4 家，四星级酒店 8 家。1996 年 3 月，华天大酒店被国家旅游局授予 "95 全国星级饭店五十佳"。1996 年、1999 年、2001 年、2002 年、2004 年、2005 年湖南华天国际旅行社六次被国家旅游局评为 "全国百强国际旅行社"。1998 年 1 月，华天大酒店被国家旅游局授予五星级饭店，成为湖南省首家五星级饭店。华天集团形成了以酒店旅游业为核心业务的综合性产业集团。在整个酒店业中形成了颇具影响力的华天品牌。

## 一流的业务模式——连锁打开华天酒店想象空间

华天酒店的股价一直处在一流品牌三流股价的尴尬状况下，华天酒店（000428）在 2000 年起确立了连锁托管的发展战略，先是在湖南境内针对亏损酒店市场洽谈托管，托管费在 500 万元/年左右，投资额在 2000 万元左右。2004 年开始华天酒店开始谋求走出湖南发展酒店主业。与国际酒店管理公司比较，华天酒店有着很强的餐饮优势，综合托管成本低，民族品牌的管理团队更容易适应当地酒店市场。华天酒店开始改变托管模式，与国际酒店管理公司接轨，以民族品牌的优势，开始在全国中心城市发展酒店连锁托管。这一模式将给华天酒店的业绩，带来稳定的无风险利润。

在短短 5 年时间里先后托管发展了湖南境内五家、以及北京钓鱼台山庄华天大酒店、北京海天中心、深圳华安保险大厦和武汉凯旋门华天大酒店等共 9 家酒店。随着酒店对外连锁扩张和自身不断加强品牌建设，华天品牌知名度在业内得以提升，发展势头迅猛。2003 年 2 月，华天国际酒店管理公司荣膺中国饭店业集团 20 强，并达到国际饭店业集团 300 强标准。华天大酒店荣获 2005 年中国湖南旅游节首届中国旅游精品博览会"公众最喜爱的精品旅游星级饭店"第一名。湖南华天国际酒店管理有限公司荣膺"2006 中国饭店业民族品牌 20 强"

从华天的发展过程中我们发现连锁酒店发展战略是华天快速发展起点，也证明了连锁这种业务模式的优势。

## 赢利超预期

华天的发展离不开整个行业的发展，近几年，整体酒店市场的收益水平显示出了强劲的发展势头。中国所有五星级酒店的管理费和固定费用前收益增长了 42%，同期，四星级和三星级酒店分别增长了 52% 和 24%。国际管理的五星和四星级酒店均比其他同等级酒店实现了更好的管理费和固定费用前收益，分别占总收入的 43% 和 35%。上海的五星级酒店实现了最高的收益水平，IBFCMF 占总收入的 48%，以下依次为三亚（47%）和北京（40%）的五星级酒店。另外，五星级酒店中，客房仍然是酒店整体收益最高的部门。客房收入占酒店总收入的 55%、而其支出仅占总支出的 11%。相反，餐饮部门收入占总收入的 35%，支出占总支出的 22%。华天的业绩也出现大幅度的增长，2007 年中报预增 479%，业绩的增长吸引了众多机构的青睐！股价也现了快速的拉升。

## 华天酒店股价表现

万亿市场为华天酒店的发展提供了广阔空间，借助连锁这个神奇的业务模式，在"华天"这个扩张性品牌拉动下，华天的业绩出现爆炸式增长。改头换面的基本面吸引众多基金的青睐，从无人问津的边缘化股票成为了基金重仓股之一，借助大牛市的背景，股价一飞冲天，上涨近 20 倍，成为 2006 年大牛市的明星股。华天酒店的暴涨来源于基本面的变化，华天这个扩张性品牌是拉动公司高速发展的"引擎"。

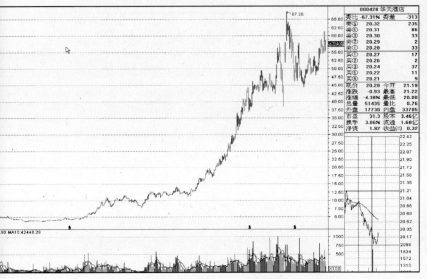

图 4—2 华天酒店

表 4—2 华天酒店近年业务成长情况

| 日期\项目 | 2007 | 2006 | | | | 2005 | |
| --- | --- | --- | --- | --- | --- | --- | --- |
| | 06—30 | 03—31 | 12—31 | 09—30 | 06—30 | 03—31 | 12—31 |
| 每股收益(元) | 0.32 | 0.048 | 0.47 | 0.206 | 0.11 | 0.025 | 0.06 |
| 每股收益增长率 | 189.8398 | 89.347 | 703.4773 | 169.9958 | 50.6117 | -21.5789 | -66.6569 |
| 经营净利率(%) | 40.7822 | 11.7374 | 15.6111 | 9.6373 | 7.9879 | 3.756 | 2.2082 |
| 经营毛利率(%) | 56.4676 | 55.0895 | 54.7298 | 54.7531 | 53.3428 | 50.3942 | 50.3592 |
| 经营净利率(%) | 40.7822 | 11.7374 | 15.6111 | 9.6373 | 7.9879 | 0.7179 | 2.592 |
| 经营毛利率(%) | 56.4676 | 55.0895 | 54.7298 | 54.7531 | 53.3428 | 0.3844 | 0.7907 |
| 经营净利率(%) | 40.7822 | 11.7374 | 15.6111 | 9.6373 | 7.9879 | 3.756 | 2.2082 |
| 主营业务收入(元) | 274697167 | 141335673 | 523633338 | 368833817 | 241937124 | 116629758 | 460737994 |
| 主营收入增长率 | 13.5407 | 21.1832 | 13.651 | 11.2121 | 7.8644 | 0.9454 | -0.0109 |
| 净利润增长率(%) | 479.6795 | 278.694 | 703.4773 | 169.9958 | 50.6117 | -21.5789 | -66.6569 |

## 沃尔玛

前面我们举了两个国内连锁业成功的案例，在国内苏宁电器和华天酒店的成功可能会让人称道，但是这两家公司在沃尔码面前恐怕有点自渐形秽，我们把沃尔玛拿出来进行探讨和研究，来领会连锁这种经营方式的真正魔力。

沃尔码的成功是个奇迹，能把传统的零售业做成做成了一个富个敌国的商业王国，除了让我们敬佩之外，更多的是值得我们去学习和借鉴。如果我们的国家多一些这样的公司，我们的民族何愁不富裕，我们的国家何愁不强大。多年一来，沃尔玛家族一直是世界首富，其产业更是遍布世界各地，其发展势头并没有随着企业的庞大而出现衰退。在纽交所上市的沃尔玛也理所当然成了明星股，其股价从上市以来已有了一千多倍的涨幅。

从选股的思路上来讲，沃尔玛具备了大牛股的三要素，广阔的市场前景、一流的业务模式和卓越的管理水平，沃尔玛不但具备了这三点大牛股的基本要素，沃尔玛的独特经营文化更是把这些要素发挥到极限。

值得深思的是，我们的很多企业在学习沃尔码和研究沃尔码时，过多的注重沃尔码的业务模式，却忽视了沃尔码成功的真正的原因——沃尔码的企业文化。其实业务模式只是一种表面现象，在全球象沃尔码一样进行连锁经营的企业数不胜数，为何只有沃尔玛脱颖而出，这种间有着深层次的原因就是沃尔玛的管理和文化。对于沃尔玛的企业文化是我们后面探讨的主要话题。我们将从中吸取沃尔玛成功精髓。

在这里真诚的希望我们的上市公司也出现一个真正的沃尔玛，那将是我们投资者的万幸！

**一流的业务模式打造出富可敌国的商业帝国**

沃尔玛来自美国，是全球最大的公司（以营业额计算），属世界性的连锁企业。沃尔玛主要涉足零售业。沃尔玛主要有沃尔玛购物广场、山姆会员商店、沃尔玛商店、沃尔玛—社区店等四种形式。

沃尔玛由美国零售业的传奇人物山姆·沃尔顿先生于 1962 年在阿肯色州成立。经过四十余年的发展，沃尔玛百货有限公司已经成为美国最大的私人雇主和世界上最大的连锁零售商。目前沃尔玛在全球十个国家开设了超过 5000 家商场，员工总数 160 多万，分布在美国、墨西哥、波多黎各、加拿大、阿根廷、巴西、中国、韩国、德国和英国 14 个国家。每周光临沃尔玛的顾客近 1800 万人次。2004 年沃尔玛全球的销售额达到 2852 亿美元，连续多年荣登《财富》杂志世界 500 强企业和"最受尊敬企业"排行榜。同时，沃尔玛在全球多个国家被评为"最受赞赏的企业"和"最适合工作的企业"之一。2004 年沃尔玛被《中国经营报》评为中国市场优势企业品牌人气指数商贸类第一名，并作为唯一一家上榜的零售企业；同年 8 月，在《财富》中文版"中国最受赞赏的公司"排名中名列第八。

根据沃尔玛的财政报告，截至 2005 年 1 月 31 日的公司财政年度，总营业额为 2852 亿美元，净利润 103 亿美元，利润率为 3.6%。如果把沃尔玛当作一个国家，它的收入在乌克兰与哥伦比亚之间，可以列为世界的第 32 位。

**卓越的管理团队——开山鼻祖山姆·沃尔顿**

1918 年，沃尔玛帝国的创始人山姆·沃尔顿出生在美国阿肯色州的一个小镇上，小时候山姆曾经当过报童。

1936 年，山姆进入密苏里大学攻读经济学学士学位，并担任过该大学学生会主席。

1940 年，山姆大学毕业，当时第二次世界大战爆发不久，山姆便报名参军，在美国陆军情报部门服役。

战争结束后他回到故乡，向岳父借了 2 万美元，加上当兵时积攒的 5000 美元。于 1951 年 7 月和妻子海伦在阿肯色州本顿威尔开了一家名为"5&&10"的商店。

1960 年，沃尔顿已有 15 家商店分布在本顿威尔周围地区，年营业额达到 140 万美元。

1962 年，沃尔顿在罗杰斯城创办了第一家沃尔玛（WalMart）折扣百货店，营业面积为 1500 平方米，第一年的营业额就达到 70 万美元。并最终于 1969 年 10 月 31 日成立沃尔玛百货有限公司。

1992 年，沃尔顿获得美国自由勋章，同年 4 月 5 日辞世。

山姆的辞世并没有影响到沃尔玛的发展，他所创立业务模式和管理方化影响着后来者，后来者更是将它发扬广大！将沃尔玛进一步扩张成一个富可敌国的商业帝国。

**沃尔玛大事记**

虽然山姆先生已经与世长辞，但是沃尔玛并没有衰退，反而取得了更加长足的发展，这点值得我们深思！内因何在？我认为是他的理念与哲学融合而成的企业文化引领着后来者走向成功。下面大事年表反映了沃尔玛公司的发展历程。

**1960 年代**

1962 年山姆·沃尔顿创建公司，在阿肯色州罗杰斯城开办第一家沃尔玛百货商店。

1969 年 10 月 31 日成立沃尔玛百货有限公司。

**1970 年代**

1970 年在阿肯色州的本顿维尔镇成立了公司总部和第一家配送中心。

1972 年沃尔玛公司股票获准在纽约证券交易所上市。

1975 年山姆·沃尔顿受韩国工人的启发，引进了著名的"沃尔玛欢呼"。

## 1980 年代

1983 年在俄克拉荷马州的中西部市开设了第一家山姆会员商店。

1984 年山姆·沃尔顿实践对员工的许诺，公司税前利润达到 8％，他在华尔街跳起了草裙舞。

1984 年大卫格拉斯出任公司总裁。

1987 年沃尔玛的卫星网络完成，是美国最大的私有卫星系统。

1988 年大卫格拉斯出任公司首席执行官。

1988 年首家沃尔玛购物广场在密苏里州的华盛顿开业。

## 1990 年代

1990 年沃尔玛成为美国第一大零售商。

1991 年沃尔玛商店在墨西哥城开业，沃尔玛开始进入海外市场。

1992 年 4 月 5 日山姆·沃尔顿先生辞世。

1992 年 4 月 7 日 S 罗伯森·沃尔顿出任公司董事会主席。

1992 年沃尔玛进入波多黎各。

1993 年沃尔玛国际部成立，波比·马丁出任国际部总裁兼首席执行官。

1993 年 12 月首次单周销售额达到 10 亿美元。

1994 年在加拿大收购了 122 家 Woolco 商店。

1995 年进入阿根廷和巴西。

1996 年通过成立合资公司进入中国。

1997 年成为美国第一大私人雇主。

1997 年在美国拥有 68 万名员工，在美国本土以外有 11.5 万名员工。

1997 年沃尔玛公司股票成为道琼斯工业平均指数股票。

1997 年沃尔玛年销售额首次突破千亿美元，达到 1050 亿美元。

1998 年收购 21 家 Wertkauf，进入德国。

1998 年首次引入社区店，在阿肯色开了三家社区店。

1998 年年度慈善捐款超过 1 亿美元，达 1.02 亿美元。

1998 年通过成立合资公司，进入韩国。

1999 年员工总数达到 114 万人，成为全球最大的私有雇主。

1999 年收购了 ASDA 集团公司（有 229 家店），进入英国。

1999 年在德国收购了 374 家 Interspa 连锁超市。

## 2000 年代

2000 年在《财富》杂志的"全球最受尊敬的公司"中排名第 5。

2000 年李斯阁出任沃尔玛公司总裁兼首席执行官。

2001 年单日销售创历史纪录，在感恩节次日达到 12.5 亿美元。

2001 年在《财富》杂志公布的世界 500 强企业排名中位居榜首，并在《财富》杂志"全美最受尊敬的公司"中排名第三。

2002 年收购日本西友百货部分股份，进入日本。

2002 年在《财富》杂志公布的世界 500 强企业排名中位居榜首，并在《财富》杂志"全美最受尊敬的公司"中排名第一。

2003 年在《财富》杂志公布的世界 500 强企业排名中位居榜首，并在《财富》杂志"全美最受尊敬的公司"中排名第一。

2004 年 3 月 4 日在深圳召开其全球董事会会议。

2005 年 11 月 4 日对日本零售企业西友百货公司（Seiyu Ltd.）实施 10 亿美元援助计划，增持西友股份到 56.56％。原沃尔玛全球高级副总裁兼首席运营官的埃德·克罗兹基于 12 月 15 日接任西友公司 CEO。

2005 年 12 月 14 日以 7.64 亿美元的价格从葡萄牙集团 Sonae SGPSSA 手中收购了其在巴西 140 多家大小超市、百货店、批发市场，并巩固了其在巴西零售业排行老三的位置。

2005 年 12 月 22 日深圳山姆会员商店乔迁新址，新山姆会员商店营业面积比原山姆增加了 5000 平米，停车位是原山姆的 3 倍多。

2006 年 3 月取得中美洲最大零售商中美洲零售控股公司的控股权，并将该公司更名为"沃尔玛中美洲公司"。由此拓展了其在哥斯达黎加、危地马拉、萨尔瓦多、洪都拉斯和尼加拉瓜的业务。

2006 年 8 月 28 日深圳配送中心由蛇口搬迁至龙岗区坪山镇，第一期使用面积比现原配送中心的面积增加一倍。

## 沃尔玛的管理文化

企业文化的最高境界是"形神合一"，企业的"形"包括一切外在的东西，包括企业制度、流程、策略、组织结构、责权体系、领导风格、产品等，而"神"则是指愿景、价值观、使命、精神、经营理念等这些指导企业发展的思想。

沃尔玛的创始人山姆·沃尔顿曾总结出其事业成功的"十大法则"：忠诚你的事业；与同仁建立合伙关系；激励你的同仁；凡事与同仁沟通；感激同仁对公司的贡献；成功要大力庆祝，失败亦保持乐观；倾听同仁的意见；超越顾客的期望；控制成本低于竞争对手；逆流而上，放弃传统观念。这"十大法则"中有七条与员工关系有关，由此可见沃尔玛把员工关系放到了多么重要的位置。山姆·沃尔顿在当初为争取后来成为沃尔玛CEO 的大卫·格拉斯加盟，曾以其百折不挠的精神来游说他，前后整整花了 12 年的时间，这个虔诚的"传道士"终于使格拉斯加盟了沃尔玛，而且格拉斯于 1984 年出任了沃尔玛总裁。从这里多少可以看出沃尔玛"吸纳、留住、发展"的用人原则。而现在，沃尔玛人力资源的基本战略已发生了转变，"留住、发展、吸纳"成为其用人的指导方针。这不是简单的位置调换，它意味着沃尔玛更加重视从原有员工中培养、选拔优秀人才，而不是在人才匮乏时一味地从外部聘用。沃尔玛的人力资源战略已越来越侧重于从内部挖金子。

经过几十年来的发展，沃尔玛已经创立了极为有价值的企业文化，这成为其吸引、留住人才的关键所在。山姆·沃尔顿曾有段名言："对员工要像对待花园中的花草树木，需要用精神上的鼓励、职务晋升和优厚的待遇来浇灌他们，适时移植以保证最佳的搭配，必要时还细心除去园内的杂草以利于他们的成长"这段话可谓道出了沃尔玛企业文化的精髓。

## 寻找中国的沃尔码

我们前面研究了沃尔码的发展历程，这个由一个不见经传的小人物创立的沃而玛并没有高端的技术，从事的只是最平凡的行业，取得的成就使得很多同行业公司只能望其项背，从前面的研究我们可以发现，这个公司不但有好的营销模式，最关健的是它的企业文化，他的营销模式很容易学习，但企业文化却有深厚的底蕴。

下面我们对照下中国版的沃尔玛—百联股价（600631）。

百联下属的联华超市已连续十年中国连锁企业排行榜中位于榜首，2004 年 4 月 8 日，中国首例上市公司合并案水落石出：由第一百货（600631）合并华联商厦（600632）。合并完成后，被合并方华联商厦的资产、负债和权益并入第一百货，华联商厦的法人资格被注销。合并后存续公司将更名为上海百联集团股份有限公司（暂定名）。这两家上市公司有一个共同的大股东——下辖四大集团 7 家上市公司的百联集团，一个总资产近 280 亿、销售收入 700 多亿、商业网点 4000 家"中国版本"的沃尔玛。公司大股东百联集团拥有第一百货、华联商厦、华联超市、友谊股份、物贸中心、第一医药和联华超市等 7 家上市公司，实现向买断经营方式的业务转型公司拥有遍布全国 23 个省市的近 5000 家营业网点，是一个特大型流通产业集团。公司正在逐步放弃传统的联销、租赁模式，并在上海及各地黄金地段拥有大量商业地产。公司作为业内领先的商业领袖，拥有率先运作购物中心的成功管理经验，并通过委托管理的模式直接收取管理费来扩张网点并直接输出其管理经验，对百货零售的品牌商户进行集约化大类管理，并进行各个百货商场和购物中心品牌商户的末位淘汰制，剔除经营业绩差的品牌，并引进新的时尚品牌，跟上消费市场的发展步伐。

从目前的发展情况来看，百联股价具备了沃尔玛的雏形，当然还只是简单的复制沃尔玛模式，其管理的文化还有待进一步提升。

**百联股份的股价表现**

百联股份合并之前曾被市场寄予厚望，但是受当时市场疲弱影响，股价上市后便一路下跌，随着 2005 年牛市的来临，百联股价也悄然扬升，但仍然是一个默默无闻的个股，原因何在？百联拥有了广阔的市场前景、拥有了一流的业务模式却少了卓越的管理，百联的经营业绩并没有随规模广大而相应的快速提升。大牛股的三大要素缺一不可，随着百联的整合，我们相信管理水平会相应提升，并没有形成独特的走势。我们期待着"中国版沃尔玛"能够早日形成，那将是我们投资者的福音。

图4-3 百联股份

## 第二节 卓越的管理

### 平安保险

中国平安在A股上市可以说是一份迟来的爱，如果中国平安早几年上市，第二个万科又在中国证券市场出现。平安的高速发展并没有让我们的投资者带到实惠，但仍然不算太迟，平安上市之后经过短期的回调一路盘升，成为金融板块的领头羊，对于我们所有的上市公司管理者，我最推崇的二位管理者，一位是万科的王石，一位就是中国平安的马明哲，王石创造了万科的神话，马明哲创造了平安的神话。

中国平安具备大牛股的基本要素，广阔的市场前景，对我们保险业来说，从某种意义上来讲只是初期阶段，未来仍存在着巨大的空间，混业的架构是一流的业务模式，在中国所有的金融机构中，中国平安的架构是最全面的，加上以马明哲为中心的卓越的管理团队，平安的故事才刚刚开始。经过多年的发展平安已从一个名不见经传的小公司发展成为了一个混业的金融帝国。其混业的架构是国内的一大亮点，也是支持平安未来发展的支柱。

对于中国平安来说还有一个得天独厚的优势就是股权投资，随着资本市场的高速发展，中国平安的一些股权投资都带来暴利，2007年一到三季度投资收益占总利润的42.28％，达545.78亿。至3季度，总投资资产为3934亿，投资收益率高达13.87％。中国平安对银行股情有独钟。在持有的前10大证券投资中，有5只是银行股，其中截至6月底持有民生银行7.54亿股，占民生银行总股本的5.21％；浦发银行2.14亿股，占该银行总股本的4.92％；公司还大量持有工商银行、中国人寿、大秦铁路、交通银行和万科等股权，而这些重仓股在今年上半年无一例外的出现了大幅上涨，中国平安的浮盈非常可观。计入资本公积"可供出售金融资产"浮盈高达282亿，占了中国平安总赢利的半壁江山。

### 卓越的管理——神人马明哲

保险界圈子里中的人说"马明哲不是人，是神。"一位国内保险公司的董事长称马明哲是其"偶像"，他说："我最佩服的人是平安的董事长马明哲，我想的事他肯定想到了前面，我没有想到的事他也想到了。他做事总是具有前瞻性。"马明哲独到的眼光引领平安从一个小公司走向一个混业经营的集团公司，获得了一个美称——"金融帝国"混业格局的领军人物。

马明哲是货币银行学博士，南开大学兼职博士生导师，广东省政协常委、人大代表。亚洲唯一出任美国中央高科技保险公司的独立董事。

马明哲 1988 年起担任中国平安保险公司董事、总经理；1994 年至今任中国平安保险股份有限公司董事长。平安在 1988 年成立之初，总收入只有 418 万元，利润 190 万元。如今平安年保费收入已达到 618 亿元，增长速度为全国大保险公司之首。平安的不良资产远小于 1%，是亚洲资产质量最好的金融企业，目前已成为全国第二大保险公司。平安表现出来的高成长性和巨大发展潜力引人瞩目。平安之所以取得这般成就，长期以来身居董事长兼总裁的马明哲当然功不可没。

2003 年 2 月，在马明哲的指挥下平安集团分业重组落幕，正式更名为"中国平安保险（集团）股份有限公司"，"一拖四"框架完全显现。集团控股设立中国平安人寿保险股份有限公司、中国平安财产保险股份有限公司、中国平安保险海外（控股）公司、平安信托投资公司。平安信托投资公司依法参股平安证券有限责任公司，使平安形成了以保险为主，融证券、信托、投资和海外业务为一体的紧密、高效、多元的集团控股经营架构。7 月，当马明哲笑容满面地为内地第一家由保险公司直接出资控股的银行——平安银行的开业揭幕时，其 10 年前提出的"综合金融集团"设想再向前迈进一步，而平安集团深沪双总部"平分秋色"的格局，也因此基本形成。

2007 年 3 月 1 日，中国平安在上海交易所上市，平安一上市就受到众多机构的追捧！股价一路攀升！

## 中国平安保险公司发展历程

2005 年

平安资产管理公司成立。

平安健康险公司成立。

2004 年

平安养老保险公司成立。

中国平安在香港上市。

收购福建亚洲银行，并更名为平安银行。

**2003 年**

经国务院同意、保监会批准，正式更名"中国平安保
险（集团）股份有限公司"。

**2002 年**

引入汇丰集团（HSBC）战略投资者。

保费突破 500 亿。

总资产突破 1000 亿。

成立中国平安人寿保险股份有限公司和中国平安财产
保险股份有限公司。

**2000 年**

总资产突破 500 亿。

**1997 年**

经国务院批准，更名为中国平安保险股份有限公司。

保费突破 100 亿元。

**1996 年**

平安证券公司、平安信托公司和平安海外控股公司
成立。

**1994 年**

引入摩根和高盛战略投资者。

开展寿险业务。

## 1992 年

经国务院批准，更名为中国平安保险公司。

## 1988 年

于深圳蛇口成立，最初只开办财产保险业务。

### 超级赢利能力

经过 20 年的发展，在经验丰富的专业管理团队的带领下，公司治理结构、风险管控机制、经营管理体制等方面日趋完善，成为保险行业及整个

表 4-3　中国平安近几年业务增长情况

| 中国平安(601318)财务指标 | | | | | |
|---|---|---|---|---|---|
| 报告期 | 2007-06-30 | 2007-03-31 | 2006-12-31 | 2006-09-30 | 2005-12-31 |
| 每股收益(元) | 1.0978 | 0.5242 | 0.97 | 0.59 | 0.54 |
| 每股收益增长率(%) | 0 | - | 79.3263 | - | 27.9908 |
| 经营净利率(%) | 9.593 | - | 7.3257 | 5.9871 | 4.9538 |
| 经营毛利率(%) | 97.9274 | - | -17.7659 | - | - |
| 资产利润率(%) | 1.7312 | 0.9049 | 1.7148 | 1.2593 | 1.4252 |
| 资产净利率(%) | 1.5734 | 0.7937 | 1.6402 | 1.1842 | 1.2666 |
| 净利润率(%) | 9.593 | - | 7.3257 | 5.9871 | 4.9538 |
| 主营业务收入 | 84051000000 | 40337000000 | 81712128000 | 61415000000 | 67383000000 |
| 主营收入增长率(%) | 0 | - | 21.2652 | - | 9.573 |
| 净利润增长率(%) | 0 | - | 79.3278 | - | 27.9908 |

金融行业发展综合金融集团的先行者。公司入股富通集团和提高港股投资比例，显示了公司的投资战略和资产配置正在向全球化发展。作为紧密型金融控股集团，公司综合金融服务架构完善，管理水平和品牌价值保持领先。除了保险业务外，还拥有平安资产管理、信托业务，平安银行，业务涵盖大部分金融领域，完善的金融架构为公司未来在发展金融控股集团方面奠定了良好的基础。公司单一品牌带动三大业务支柱的战略渐趋成熟。平安完备的金融混业平台，也是其多元化业务扩展的最大优势，混业所带来的交叉销售大幅增长从其银行业务的利润超速增长可见一斑，根据三季报数据，银行和证券业务收入占比分别提高了 26.6 倍和 2.2 倍，保险、银行、资产管理三辆马车共同拉动平安业绩的高增长，我们预计现在的混业优势刚刚开始，未来成长空间依然很大。

至 2007 年三季度，公司各项业务发展良好，保费收入、投资收益、银行和证券业务快速发展，退保费率控制在有效范围内。前三季度公司营业收入 1291 亿元，同比增长 71.1%，实现净利润 116.79 亿元，每股收益 1.65 元，增长 114%。截至 9 月 30 日止，公司总资产 6237 亿元，与上年度末同比增长 34.6%。

## 平安的股价表现

在马明哲的带领下，中国平安除了保险业务外，还拥有平安资产管理、信托业务，平安银行，业务涵盖大部分金融领域，公司单一品牌带动三大业务支柱的战略渐趋成熟，中国平安具有完备的金融混业平台，依托这些优势，2007 年中报，中国平安业绩大幅增长 104%。2007 年 3 月 1 日，中国平安以 50 元价格开盘，经过短期的震荡下跌之后，在 43 元启稳回升，一路上攻，最高触及 149 元，短短半年多的时间内股价大涨近两倍。从季报公布的持仓结构上来看，由于中国平安独特的混业结构，吸引大量基金重仓持有。

图 4-4  中国平安

## 万科

　　每次看到关于王石到处游山玩水的报道，敬佩之心便油然而生，万科的管理是我们上市公司的榜样，也是我们投资者的福音，万科完全是由管理造就的公司，虽然广阔的市场前景为万科提供了发展的空间，但是卓越的管理才是万科从数不胜数的地产公司脱颖而出的内因，万科是管理出效益的典范。

　　万科是中国证券市场少有的常青树。从 1992 年上市公司股价实现了几百倍的涨幅，而且在每轮的牛市行情之中，都有所表现，同我们前面讲过的盐湖钾肥一样是个股市不倒翁，万科的成长之路从某种意义上是人的作用，而盐湖钾肥的上涨则是上天所赐。

　　2006 年开始的大牛市之中，万科再度成为明星股，股价较 2005 年低点上涨 20 多倍，此次万科成为明星股是我们前面选股要素多项合力作的结果，广阔的市场前景、一流的业务模式和卓越的管理是万科成长和腾飞的根基，成为行业的龙头万科竞争力已今非昔比，人民币的升值引发资产价格急升，房价成为资产价格的领跑者，房地产企业的业绩出现大幅度扬升，在行业复苏的助推下，一个明星股应运而生。

真心的希望我们的上市公司管理者之中多涌现些象王石这样的可以到处游山玩水的管理者。有这样的管理者，只有上市公司具备广阔的市场前景，这家公司一定能取得巨大的成功，这家上市公司也一定会成为中国证券市场的明星股。随着中国经济的发展，越来越多的卓越管理者将会涌现，我们的上市公司也将涌现出一批象万科一样优秀的公司，这才是我们证券市场的希望和真正的价值。

### 卓越的管理者——掌门人王石

王石，1951 年 1 月出生于广西省柳州市，早期在新疆做了 5 年汽车兵，转业后在兰州做了 1 年的工人。此后，由于其父在柳州铁路局当局长，王石得以进入兰州铁道工程学院当了工农兵大学生，毕业后进入广东省经贸委做经济情报研究的工作。1983 年王石到深圳创业，他的第一桶金是靠倒玉米得来的。几年之后，深圳万科股份有限公司成立，并公开向社会发行 2800 万股股票，并正式涉足地产业。1991 年 1 月 29 日，万科在深交所挂牌交易，成为内地首批公开上市企业。2000 年 8 月，中国华润总公司成为万科的第一大股东，万科成为专一地产公司，中国地产第一品牌。2003 年 5 月 22 日 14 时 50 分，王石登上珠穆朗玛峰，成为中国企业家中登顶世界最高峰的第一人。

### 强烈的社会责任感

新闻事件哪怕是谈厕所问题，万科公司董事长王石也是谈得津津有味。在 20 世纪的一个"中城房网扬州会议"上，王石大谈厕所问题。王石说，在现在的房地产开发中，两房一厅的房间和三房一厅的房间往往要修 2～3 个厕所，他认为，这是一种极大的浪费，而同样的问题在日本等工业发达国家的高档住宅都不会出现。根据王石提供的数据，中国房地产界每年大约要交付 100 万套住房，如果每套住房超大 10 平方米，那么每年要超大 1000 万平方米，也就是说，如果每套住房多修一个厕所，就要白白浪

第四章　选股方法在实战中的应用

费掉 10 万套住宅。这是资源的极大浪费。在具体分析后，王石把这归结于中国的房地产消费没有现代住宅文明的积累，在向现代住宅文明过渡过程中容易走极端。他呼吁开发商能起到引导消费的作用，"毕竟消费者从不理性到理性需要一个过程。"

2001 年，王石分文未取，出任摩托罗拉手机代言人。接拍广告，对于当年 50 岁的企业家王石来说，以前几乎是不予考虑的，而且时间也不允许。此前王石也接到过一些企业拍广告片的邀请，但都没有动心。但这一次不同了，王石接到摩托罗拉的广告创意，十分慎重的考虑后，同意了。是什么打动了企业家？一种说法是摩托罗拉新产品所倡导的全新的生活方式。另据知情人士透露，王石拍这则广告没要广告费，但不排除日后王石所率的万科集团会与世界五百强摩托罗拉有一系列合作项目，如果属实，王石接拍广告还有"醉翁之意"。

## 让人信赖的人品

王石在博客上就男孩溺亡事件公开致歉。2006 年 8 月 31 日报道了一个 8 岁男孩，在"南京金色家园小区"游泳时溺水死亡，原因是泳池换水时他被吸进了出水口。事后，身为万科集团的老总王石，在自己的新浪博客网站发表文章，对南京金色家园事故公开致歉。对南京金色家园事故公开致歉。致歉如下："对南京金色家园发生的事故表示深深的歉意！万科的管理不善，造成了一个孩童的生命丧失，一个家庭的沉重打击，万科应承担全部责任，但这种责任又如何挽救回来一个儿童的生命呢？不能了。我感到难过和自责。再次对孩子的亲人表示歉意！如何安慰失去孩子家庭的痛苦，如何引以为戒，万科将承担全部责任，无论是法律上还是道义上的。"

妻子"误"炒万科，王石博客道歉。2007 年 7 月 20 日，万科 A（000002）发布公告，就该公司董事长王石夫人王江穗购买万科股票一事做出解释，王江穗本人还向投资者表达歉意。为消除有关误解对公司和投资者的影响，王江穗决定在公告发布后于 7 月 23 日卖出持有的万科 A 股股票，并将所得全部收益交给公司。公告称，2007 年 7 月 6 日，王石于境外休假登山期间，其夫人王江穗的代理人在王石和王江穗均不知情的情况下，通过二级市场买入万科 A 股股票 46900 股。万科董事会认为，王江穗的买入行为没有违反《证券法》、《上市公司董事、监事和高级管理人员所持本公司股份及其变动管理规则》和《深圳证券交易所上市公司董事、监事和高级管理人员所持本公司股份及其变动管理业务指引》等有关法律法规。买入行为发生后，公司按照要求在深圳证券交易所网站进行了披露。但鉴于相关误解可能造成的影响，董事会支持王江穗的决定，并转达王江穗女士对投资者的歉意。

王石现兼任中国房地产协会常务理事、中国房地产协会城市住宅开发委员会副主任委员、深圳市房地产协会副会长以及深圳市总商会副会长等职务。

王石自己这样解释登山运动和企业管理的关系："万科董事长能出国、进山，一次就是三十天、四十天，除了运动本身，还给了外界一个非常重要的信号，就是万科的休假制度已经规范化，这个企业管理实际上走向了正轨。"

## 扩张性的品牌

万科企业股份有限公司成立于 1984 年 5 月，是目前中国最大的专业住宅开发企业。2006 年公司完成新开工面积 500.6 万平方米，竣工面积 327.5 万平方米，实现销售收入 212.3 亿元，结算收入 176.7 亿元，净利润 21.5 亿元，纳税 24.2 亿元。至 2006 末，公司总资产 485.1 亿元，净资产 148.8 亿元。

以理念奠基、视道德伦理重于商业利益，是万科的最大特色。万科认为，坚守价值底线、拒绝利益诱惑，坚持以专业能力从市场获取公平回报，是万科获得成功的基石。公司致力于通过规范、透明的企业文化和稳健、专注的发展模式，成为最受客户、最受投资者、最受员工欢迎，最受社会尊重的企业。凭借公司治理和道德准则上的表现，公司连续四年入选"中国最受尊敬企业"，连续三年获得"中国最佳企业公民"称号。

万科 1988 年进入住宅行业，1993 年将大众住宅开发确定为公司核心业务，2006 年业务覆盖到以珠三角、长三角、环渤海三大城市经济圈为重点的二十多个城市。迄今为止，万科共为九万多户中国家庭提供了住宅。

经过多年努力，万科逐渐确立了在住宅行业的竞争优势："万科"成为行业第一个全国驰名商标，旗下"四季花城"、"城市花园"、"金色家园"等品牌得到各地消费者的接受和喜爱；公司研发的"情景花园洋房"是中国住宅行业第一个专利产品和第一项发明专利；公司物业服务通过全国首批 ISO9002 质量体系认证；公司创立的万客会是住宅行业的第一个客户关系组织。

万科是国内第一家聘请第三方机构，每年进行全方位客户满意度调查的住宅企业。根据盖洛普公司的调查结果，万科 2006 年客户满意度为 87％，忠诚度为 69％。至 2006 年底，平均每个老客户曾向 6.41 人推荐过万科楼盘。

万科 1991 年成为深圳证券交易所第二家上市公司，2006 年末总市值为 672.3 亿元，排名深交所上市公司第一位。上市 16 年来，万科主营业务收入复合增长率为 28.3％，净利润复合增长率为 34.1％，是上市后持续盈利增长年限最长的中国企业。公司在发展过程中两次入选福布斯"全球最佳小企业"；多次获得《投资者关系》、《亚洲货币》等国际权威媒体评出的最佳公司治理、最佳投资者关系等奖项。

万科现有员工 13000 余人。自创建以来，万科一贯主张"健康丰盛人生"，重视工作与生活的平衡；为员工提供可持续发展的空间和机会，鼓励员工和公司共同成长；倡导简单人际关系，致力于营造能充分发挥员工才干的工作氛围。2005 年，万科荣获《财富（中文版）》和华信惠悦合作评选的"中国卓越雇主"称号。由盖洛普公司提供的调查报告显示，万科员工对工作环境"非常满意"的比例在盖洛普全球数据库中位于第 87 百分位。

**超预期的赢利能力**

公司为国内规模最大的地产发展商，土地储备超 1500 万平方米，截至去年年末，公司已获取的规划中项目面积合计约 1851 万平方米，其中按持股比例计算的规划中项目 1536 万平方米，形成以长三洲、珠三洲和环渤海为主，以其他区域经济中心城市武汉、成都为辅的跨地域布局。前期获上海浦东成山路等五个项目总建面 42.3 万平方米，顺利进入上海浦东三林镇新片区，随着此次收购的完成，万科在上海地区的储备项目将达到 18 个，规划建筑面积 198 万平方米，至此公司在上海市场以及长三角区域的项目储备将分别占到公司土地储备总量的 10% 及 45%。

万科全国化项目布局已树大根深，形成了强大的规模优势，成长性非常好。目前公司在全国 28 个城市拥有 100 个在建项目，而在 3 年以前是在 17 个城市开发 37 个项目；公司 07 年计划竣工 600 万平米，而 06 年是 328 万平米。因年初以来全国一线城市和二线核心城市房价快速上涨，尤其是珠三角和环渤海地区，加上万科庞大的开发规模，使得公司销售业绩呈现强劲增长。2007 年上半年公司实现销售面积 231 万平米，销售收入高达 175 亿元，分别比去年同期提高 89% 和 137%，上半年已经实现去年主营收入的 83%。

万科既是房地产行业的领跑者，也是资本市场的投资标杆，将成为国内房产行业集中度提高的历史创造者和最大受益者之一。国泰君安将公司 2007 年主营收入和净利润从原预测的 280.2 亿元和 32.8 亿元调高到 377 亿元和 50.9 亿元。以现有 65.5 亿股股本计算，公司 07 年 EPS 为 0.78 元；若增发 5 亿股，则增发后 EPS 为 0.72 元。考虑到公司强大的行业地位和优异的成长性，国泰君安认为，公司 08 年动态合理 PE 可以达到 30 倍，维持"增持"的投资评级。

万科连续 3 年在中国房地产百强开发企业中名列第一，核心竞争力突出。公司已形成"开发规模加速－多元化资金渠道下的资金获取量增加－财务绩效提高－市值扩张"的良性循环，这是非常切合国内房地产行业发展趋势的正确战略，公司将继续从战略的正确中获得超额回报。公司 04 年收购的南都集团房地产资源，由于地价成本非常低、项目位于经济实力雄厚的长三角，06 年开始已经并将继续成为公司重要的利润来源。

表4-4 万科近几年业务增长情况

| 日期 项目 | 2007 | | 2006 | | | | 2005 |
|---|---|---|---|---|---|---|---|
| | 06-30 | 03-31 | 12-31 | 09-30 | 06-30 | 03-31 | 12-31 |
| 每股收益（元） | 0.2545 | 0.1401 | 0.493 | 0.342 | 0.308 | 0.099 | 0.363 |
| 每股收益增长率 | -17.2497 | 42.1205 | 35.9281 | 33.9416 | 31.9307 | -11.0061 | -6.0676 |
| 经营净利率(%) | 15.0317 | 14.884 | 12.072 | 16.0639 | 18.4475 | 16.9931 | 12.7889 |
| 经营毛利率(%) | 33.7046 | 32.1155 | 28.4216 | 33.5011 | 34.2073 | 32.5273 | 28.7208 |
| 资产利润率(%) | 4.5045 | 1.6836 | 9.6355 | 6.1251 | 6.9888 | 2.4621 | 10.5321 |
| 资产净利率(%) | 2.9738 | 1.241 | 6.1124 | 4.2312 | 4.8138 | 1.6781 | 7.1968 |
| 净利润率(%) | 15.0317 | 14.884 | 12.072 | 16.0639 | 18.4475 | 16.9931 | 12.7889 |
| 主营业务收入(元) | 11096520942 | 4114138824 | 17848210282 | 8460029746 | 6617683196 | 2284328909 | 10558851684 |
| 主营收入增长率 | 67.6798 | 80.1027 | 69.0355 | 52.2648 | 52.6842 | 21.1424 | 37.7141 |
| 净利润增长率(%) | 36.6322 | 57.749 | 59.56 | 55.8873 | 53.5491 | 54.0916 | 53.7988 |

## 万科的股价表现

广阔的市场前景、一流的业务模式和卓越的管理是万科成长和腾飞的根基，成为行业的龙头万科竞争力已今非昔比，人民币的升值引发资产价格急升，房价成为资产价格的领跑者，房地产企业的业绩出现大幅度扬升，在行业复苏的助推下，万科的业绩近几年出现了大幅度的提升，股价也明确反应出其业绩的表现，从2005年至2007年万科出现了二十倍的升幅，在大盘股里面可谓是凤毛麟角。

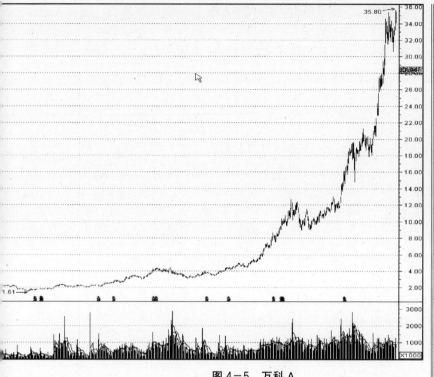

图4-5 万科A

# 第三节 扩张性品牌

## 贵州茅台

　　说起大牛股，大多数投资者第一个想到的就是贵州茅台，连续攻克百元大关，二百元大关，并稳稳的站在二百元之上，复权价格更是逼近千元大关。是什么让贵州茅台的股价成了东方不败？基本面是成就茅台神话的根本。

　　我国一直是白酒消费大国，为贵州茅台提供了广阔的市场前景，百年老店造就独特的管理文化，扩张性的品牌让人们真正体会到酒香不怕巷子深，很多企业都是想法设法进行营销，但贵州茅台却只能满足需求的十分之一。

　　扩张性品牌是拉动贵州茅台业绩连年大幅增长的动力源头。国酒茅台是世界三大蒸馏名酒之一，曾于1915年荣获巴拿马万国博览会金奖。贵州茅台作为我国酱香型白酒典型代表，同时也是我国白酒行业第一个原产地域保护产品，以及国内唯一获绿色食品及有机食品称号白酒，是世界名酒中唯一纯天然发酵产品，构成持久核心竞争力。

前些年"茅台酒"带着贵族的气息，其昂贵的价格对很多老百姓来说只能是神往，随着我们经济的高速发展，消费升级让"茅台酒"这个千金小姐走入寻常百姓家，造成了供不应求的局面，"扩张性品牌"在贵州茅台的发展中带到充分体现，这个家喻户晓的品牌随着消费升级让其市场变得极其广阔，虽然上市公司进行了多次提价，但市场仍供不应求，近百年树立行业龙头地位无人撼动，股价自然成了明星股之一，近五年的时间大涨了近 50 倍，贵州茅台做为中国白酒第一品牌当之无愧！

我记得 2003 年我以 23 元买进贵州茅台，其股价反而连续的阴跌，被套近一个多月，这件事情告诉我，再好股票都会被人忽视，机会永远存在，类似贵州茅台一样的上市公司以后还会更多。

## 公司概况

公司于 1999 年 11 月 20 日，由中国贵州茅台酒厂（集团）有限责任公司（现更名为中国贵州茅台酒厂有限责任公司）作为主发起人，并联合中国贵州茅台酒厂（集团）技术开发公司（现更名为贵州茅台酒厂技术开发公司）、贵州省轻纺集体工业联社、深圳清华大学研究院、中国食品发酵工业研究所、北京市糖业烟酒公司、江苏省糖烟酒总公司、上海捷强烟草糖酒（集团）有限公司共同发起设立。主发起人集团公司将其经评估确认后的生产经营性净资产 24830.63 万元投入股份公司，按 67.658% 的比例折为 16800 万股国有法人股，其他七家发起人全部以现金 2511.82 万元方式出资，按相同折股比例共折为 1700 万股。公司总股本 18500 万股。公司于 2001 年 7 月 31 日在上交所以上网定价方式成功地发行了人民币普通股 7150 万股（国有股存量发行 650 万股），公司总股本增至 25000 万股。

主要发起人中国贵州茅台酒厂有限责任公司为国有独资企业，注册资本 53000 万元。经营范围为从事酒类系列产品的生产与销售、股权管理与投资、包装材料、饮料的生产与销售、餐饮、住宿、旅游、运输服务。公司前身可追溯至分别创建于 1862、1879、1929 年的成义烧房、荣和烧房、恒兴烧房等三家烧房。1951 年，仁怀县人民政府通过没收、接管与赎买的方式，将三大烧房国有化，成立了"贵州省专卖事业管理局仁怀茅台酒厂"，1953年更名为贵州省茅台酒厂。1996年7月经贵州省政府批复同意，原贵州省茅台酒厂改制为国有独资公司，并更名为中国贵州茅台酒厂（集团）有限责任公司。2000年5月18日，中国茅台酒厂（集团）有限责任公司更名为中国贵州茅台酒厂有限责任公司，拥有1个全资子公司（贵州茅台习酒有限责任公司）、2个控股公司（贵州茅台酒股份有限公司、贵州茅台啤酒有限责任公司）、1个参股公司（贵州茅台酒厂技术开发公司）。

目前公司主导产品贵州茅台酒所用"贵州茅台"商标为集团公司所拥有，公司与集团公司签订了《商标许可使用协议》，取得了有关商标的许可使用权，其主要条款是：集团公司将其注册的"贵州茅台"、"茅台"、"贵州"、"茅台女王"、"汉帝茅台酒"、"茅台MOUTAI"、"茅台王子"、"茅台不老"等商标许可给股份公司使用，使用方式为独占许可；商标许可期限为50年（自2001年1月1日起至2050年12月31日止），协议期满后集团公司将商标无偿转让给股份公司；协议约定商标许可使用费为：前两年（即2001年1月1日至2002年12月31日），使用费为乙方使用许可商标的酒类产品年销售额的2％；自2003年1月1日起，使用费将按以下原则由甲乙双方协商确定：每年使用费最低为乙方使用许可商标的酒类产品年销售额的1％，最高为乙方使用许可商标的酒类产品年销售额的2％，具体比例在综合考虑双方在保护许可商标方面的贡献和乙方在许可商标品牌宣传和广告投放方面的支出等因素后协商确定，但无论按何种比例收取使用费，每一年度的使用费最高均不得超过许可期前两年所收取商标使用费的平均值；上述商标使用费每两年调整一次，每次调整应在上年度结束前的六十日内协商，并以书面方式确定；此外协议还对双方的违约责任进行了严格的约定。

目前，贵州茅台酒股份有限公司茅台酒年生产量已突破一万吨；43°、38°、33°茅台酒拓展了茅台酒家族低度酒的发展空间；茅台王子酒、茅台迎宾酒满足了中低档消费者的需求；15年、30年、50年、80年陈年茅台酒填补了我国极品酒、年份酒、陈年老窖的空白；在国内独创年代梯级式的产品开发模式。形成了低度、高中低档、极品三大系列70多个规格品种，全方位跻身市场，从而占据了白酒市场制高点，称雄于中国极品酒市场。

## 扩张性品牌

茅台酒经过几百年的发展已将文化融入了酒之内，其品牌扩张力已随着一个个美丽的故事深入到越来越多的心里。

1937年12月大众出版社发行的《二万五千里长征记——从江西到陕北》。长征胜利仅一年，就有这样一本书问世，大概是最早的关于长征的书吧！这本书的特点不是一般的写长征过程，而是较多的写了长征中一些重要的战斗场景，如抢渡大渡河、过雪山、草地等，也写了不少"逸闻"，有一节写"茅台逸事"，因牵连到一些历史掌故，特录如下："他们在茅台时，有一件趣事可以顺笔写出，就是找到很阔绰的西式房子，里面摆着百余口大缸，每口可装二十担水，缸内都装满了异香扑鼻的真正茅台美酒。开始发现这酒坊的士兵，以为"沧浪之水可以濯我足"，及酒池生浪，异香四溢，方知为酒。可惜数缸美酒，已成为脚汤。事为军事顾问李德所闻（李德素嗜酒），即偕数人同往酒坊，一尝名闻环球的茅台美酒。他们择其中最为远的一缸，痛饮了一场，至于醉，才相扶而出。临行时，他们又将是类佳酿带走不少，继续经过茅台的部队，都前往该坊痛饮一杯，及最后一部经过时，数缸脚汤也涓滴不留了。"

1972年2月尼克松访华，到访当晚，周恩来总理在人民大会堂设晚宴款待贵宾。在国宴上，餐桌上每个人都有三个杯子：一个盛水或橙汁、一个盛红酒、一个盛茅台。周总理说：茅台的酒精浓度高于50度，可以说一点火就能着。回到美国后，尼克松真的拿一碗茅台酒试了试，结果险些令白宫起火。

2007年7月10日，"第二届中华老字号品牌价值百强榜"出炉，茅台高居榜首，品牌价值为145.26亿元。排在第二名的五粮液品牌价值为130.42亿元，第三名利群的品牌价值为51.19亿元。排在榜单最后一位的楚河，品牌价值为0.10亿元，与榜首茅台的品牌价值高低相差1450多倍。同为中华老字号，品牌价值差距相当大。这是中国品牌研究院连续第二年评估中华老字号的品牌价值。本次评估以国家商务部2006年首批认定的430个中华老字号为对象，结果有72个中华老字号落榜。在上榜的358个中华老字号中，有 117 个品牌价值超过 1 亿元，品牌价值超过 100 亿元的只有茅台和五粮液。

## 卓越的管理层

从季克良手接管贵州茅台帅印，季克良就好似家长，自季克良老骥伏枥，再到"内外"三驾马车，最终"少帅"水落石出，茅台的传承路径，是中国家长式企业的一次经典尝试。

茅台现任掌门季克良已近七旬高龄，1964 年进入茅台、1983 年进入管理层，实际执掌茅台帅印已 20 余年。他一手将茅台从年产不足千吨的小作坊，做成了现在年产量超过 1.6 万吨的大企业。将茅台推向了历史最辉煌的顶点。然而岁月不饶人，年事已高的季克良虽然应国资委的要求两度延长任期，可接班人问题，已经摆到了国资委和季克良的案头。恰逢此微妙时刻，风云突变。

2007 年 5 月 14 日，茅台股份召开股东大会，宣布免去原股份公司总经理乔洪的总经理职位，由原股份公司董事长袁仁国代理总经理职责。随即在 5 月 21 日，贵州省国资委确认了乔洪被"双规"的传闻。乔洪失足缘于五年前一场旧案，孰是孰非尚有待司法确定，但乔的离任却使一个困扰茅台多年的难题迎刃而解——谁是茅台下一任掌门。而翻看季克良与袁仁国共事的这段历史，中国家长式企业传承的一个鲜活案例跃然眼前。

"如果没有 1999 年改制和 2001 年上市的经历，茅台的生产管理就得不到正确的规划，那就没有今天的茅台。"季克良 1992 年便向贵州国资委提交了改制的申请和计划。但直到 1998 年，茅台的改制才正式实施。"其中有一段时间我的工作岗位出现了变动，所以改制计划便放下了。"季克良对《中外管理》说道。一个人的工作变动，使整个企业的改制搁浅，季在茅台的地位可见一斑。不管过程有多漫长，季克良终于看到了想要的结果。自 2001 年上市之后，茅台股价居高不下，创出了中国百元股的又一神话。而 2006 年，茅台酒利润达到整个白酒行业利润的四分之一强。与此同时，单一品牌的产量也终于超过了竞争对手五粮液；生产工艺的改革实现了"取一个月的水、酿全年的酒"；成功摆脱了假酒风波并且对经销商进行了体系化的规划，这一切都显示出这家百年老厂的生命力。这一结果让季欣喜异常："改革的思路是对的，茅台的选择是对的！"

《中外管理》调查发现：茅台的改革一直在季的指挥下按部就班地进行着，尽管与外界仅有一条尚未完工的道路连接，但信息化管理、企业文化建设，以及品牌经营这些现代管理方法却都已为茅台所用。季克良对《中外管理》说："产量的提高是改革的成果，不是改革的目的。伴随着产量的提高，对管理提出了进一步的要求。在改革之前我已经考虑到了这一点，所以茅台在不断引进一些新的管理思想，尽管现在可能在生产工艺上还有一些不能用制度规范的东西，但整体上已经达到了我的构想——要建立一个现代化管理的茅台，必须依靠变化，变则通，通则久。"

那么，茅台的现代化变革在下一步如何，又由谁来继续下去？已过退休年龄的季克良，是如何给茅台找到合适接班人的？袁仁国和乔洪的名字，在谈及改制的过程中多次被季克良提及，这两位也是被外界公认为茅台接班人最有力的竞争者。

其实，早在 2000 年以前，袁仁国已是茅台内部公认的下一位掌门人。而袁仁国的崛起，则源于茅台危难之际，他不仅站了出来，而且尽显英雄本色。1998 年，受亚洲金融危机影响，茅台酒的销售代理——糖酒公司和关系户们无一例外地遭遇了银行贷款危机，并直接导致对茅台酒的需求下降。与此同时，山西省爆发了震惊全国的假酒案，致使国内对白酒的需求一落千丈。茅台酒也未能幸免，原本车水马龙的茅台酒厂一下变得门庭冷落车马稀。1998 年茅台酒的销售任务是 2000 吨，但到 7 月份却只售出了700 吨。这对一向抱着"皇帝的女儿不愁嫁"观念的茅台酒厂是一个沉重打击，阴影盘旋在每一个茅台人的心中。此时，省里决定为茅台酒厂物色新的总经理，以求解决眼前的问题。时任副总经理的袁仁国进入了季克良的视野。理由有三：第一，他是从基层一线干上来的，熟悉茅台的情况；第二，他接受过企业管理的系统培训，有学识、有见解；第三，他年富力强，有魄力。

对于袁仁国来说，这是力挽狂澜、脱颖而出的开始；对于茅台酒厂来说，这是从计划体制彻底向市场体制转轨，获得新生的转折时刻；而对于季克良，一个合适的接班人人选开始浮出水面。其实早在1989年，袁仁国的能力便得到了茅台高层的认可。那一年，茅台在参加国家一级企业评选时铩羽而归，被拒绝的理由是茅台酒厂属于传统企业，作坊式生产与国际标准相差太远。

而袁仁国听说这个消息后马上向管理层请缨：我就不信，就这么让人打发了！我再去一趟北京，我要试试。在北京，袁仁国通过三个小时的讲述，终于打动了分管领导，3个月后，茅台获得了参评国家一级企业的资格。随后由袁仁国担任主任的"上等级办公室"开始全力为评选做准备。办公室的具体工作是参照国际标准制定厂里的技术标准、工作标准、管理标准，详细制定生产指标、成本指标和消耗指标，然后在实际生产运行中逐一落实。那段时间，袁仁国基本没有回过家，这个企业发展的机会是他争取来的，他要让这个机会变成企业发展的现实和动力，成为企业发展的契机。半年后，轻工业部的考核专家进厂考核。1991年，国家一级企业的牌子挂在了茅台酒厂的大门上。

一晃七年过去了，此时的袁仁国已作为后备储蓄人才被调到车间观察了一年，继而又被调到供销科当科员，随后又担任厂办副主任、党委秘书、三车间党支书兼主任。不难推断，这样多职务的锻炼是想把袁仁国放在实际工作中进行深度培养。季克良如此评价袁仁国的这段经历："茅台这种传统工艺的企业，领导者必须要深入基层，在生产中汲取养分。我是这样走过来的，我的继任者也应当如此。"随后，在季克良看来"敢想敢干，有闯劲儿"的袁仁国，很快又被任命为厂长助理、副厂长。

1998年上任之后的袁仁国，马不停蹄地从转变观念和建立营销队伍开始改革。他提出了"难中求进，抢中求进，改中求进"的积极政策，并做出了"以市场为中心，生产围着销售转，销售围着市场转"的营销新思路。一天，酒厂的各个宣传栏里都出现了一则醒目的通知：厂里决定在全厂范围内招聘营销人员。很快，在89名竞争者中，袁仁国亲自挑选出了 17 名营销人员。在进行短期强化培训后，公司中层领导亲自带领这些营销人员迅速深入全国市场，奔赴销售第一线，进行市场调查和市场监控，逐步使市场在一定程度上成为一个可控系统，在市场驾驭上变被动为主动。在派出一线销售队伍的同时，袁仁国又在自己家里搞了一次餐会，这次他宴请的是糖酒公司的领导。他亲自下厨煎炒烹炸了一顿美味。饭桌上，他举起酒杯："诸位，江湖上有句话叫有福同享，有难同当。今天我请大家喝的是杯患难酒，希望各位能帮助我们茅台酒渡过这个难关，够朋友的干了这杯。"觥筹交错间大家酩酊大醉，但袁仁国始终保持着清醒，他不敢醉，因为茅台的发展重任还在肩上。

1998 年年底，茅台如期完成 2000 吨的销售任务，全年销售比 1997 年增长 13%，利税增长 7.7%，工业总产值增长 13.5%，产品合格率增长 0.2%，创历史最好水平。袁仁国实现了自己的承诺，季克良对他的信任没有落空。两人共同执政的茅台，前景一片看好。事实证明 1998 年的改革，也恰恰成了茅台崛起的起点。这一年，茅台股份公司成立，年届花甲的季克良非常信赖地将"股份公司董事长"的重任交到了袁仁国肩头，袁仁国也正式成为了茅台的"二当家"，茅台交接问题开始明朗起来。可随着 2000 年起"三驾马车"成为茅台管理层的代名词，一切骤然微妙起来。

所谓三驾马车，是元老派的季克良、实力派的袁仁国，以及立志于成为"以搞活国有企业为己任的职业经理人"的乔洪。茅台股份公司成立之后，季克良担任茅台集团董事长，袁仁国担任茅台上市公司董事长，而乔洪则是上市公司总经理。如果说袁仁国在 1998 年使得茅台的营销走出了蒙昧状态，那么随着乔洪进入茅台，则确实为这家历史悠久的企业带来了许多革命性变化，彻底打开了茅台的市场。乔洪的进入，使茅台的营销焕然一新。在他的主持下，600 家区域经销商、600 家专卖店构成的全国销售网构建完成。2007 年，茅台酒出厂价从 1999 年的每瓶 168 元升至 358 元，市场价则高达 498 元，公司销售额也从 1999 年的 9.8 亿元剧增至 2006 年的 62 亿元。事实证明：这位"职业经理人"确实能够搞活国企。

乔洪在外部营销局面打开的同时，袁仁国也在茅台内部热火朝天地大干。那一段，袁仁国所主持的改革工作都极具针对性：2003 年公司引进了波多里奇管理质量标准，并且开始推行 5S 管理制度；2005 年，茅台中层管理干部"一年一聘"制和末位淘汰制的制度改革完成；与此同时，茅台也开始对新领域的尝试，新成立的投资管理公司当年便业绩斐然，而在啤酒、葡萄酒方面的多元化尝试虽然艰难，却也开拓了茅台新的经营思路。2000年乔洪进入茅台之前，袁仁国被公认为是茅台下任掌门的最佳人选，但乔洪的进入无疑打破了这一局面，"三驾马车"开始各司其职。国务院发展研究中心一位负责人称："国有企业引入职业经理人，是一种尝试。"而在茅台传承的微妙关口，乔洪的进入绝非仅为了打开营销局面这么简单。而国务院发展研究中心企业研究所副所长李兆熙则这样解释这一现象："现在绝大部分的大型国有企业都没有完善的现代公司治理结构，企业接班人的培养变数其实很大。"

此时的季克良已经到了退休的年龄，但在乔洪与袁仁国究竟谁能承其衣钵问题上，却始终没有明确表态。"季总非常看好乔洪，可以说从来不吝赞美之词，当时我们以为乔洪会成为下一任接班人。"谈到乔洪，一位与其关系密切的当地媒体人士这样揣测。但在那几年的内部会议上，袁仁国的改革成果也同样无数次被季克良提及，并给予了很高的评价。业内有人推测：季克良的观望态度，或许是在仿效联想柳传志，想让麾下两匹快马进行一场机会均等的竞技，想用各自的业绩来向他，以及所有茅台人证明自己接班的实力。

不管实施究竟如何，总之"乔洪主外、袁仁国主内"的均衡局面，以及季克良当时不置可否的态度，顿使茅台的传承局势微妙起来。尽管"三驾马车"为茅台创造了前所未有的辉煌，但在企业传承的关口，袁仁国的继位前景，因为这一新格局的出现，也一度确实存在着某种变数。然而，乔洪最终没能在茅台走到底。他的猝然离开使"三驾马车"时代成为历史，如今茅台上下对乔采取了绝口不提的态度。同时，水落石出之后，业内也得以静下心来对家长式企业的传承展开思考：究竟是内部提拔的新生力量更加适合家长式企业的发展，还是外部引入的职业经理人更能将企业带向高潮？两人无疑都有能力。但与乔洪相比，袁仁国明显更为稳健。作为茅台内部提拔起来的管理者，他在许多问题上与季克良管理思路的一致性，保证了其对茅台原有文化的高度认同。在此基础上开始的创新

改革，不但不会伤及茅台根本，更容易使茅台呈现老树新花之态。

"季总与袁总的配合很默契，两人毕竟一起共事了十多年，在许多问题上都能达成一致。"一位接近茅台高层的政府人士告诉《中外管理》。由于国企性质，所以茅台在很多问题的处理上要考虑组织原则，但"这种内部提拔的方式，对于茅台而言是最合适的，多年一起共事的经历，使得新老交替的时候可以避免许多麻烦。"这位政府人士如是说。在茅台人眼里，袁仁国具备了一个好的领导者所有的要求：在茅台多年，对企业有着深入地了解；敢于创新，有希望将茅台带到新的高度；同时，对于人事关系的处理也深得季克良的真传。"袁总的工作比较忙。但是与季总一样，一有时间就会下车间，去生产一线，很实干。"这是一位中层干部对袁仁国的评价。而自乔洪离开茅台之后，季克良更是不止一次公开表示："袁仁国接茅台的班很合适。"这使得一切迷雾就此彻底散尽。当茅台上下都对袁仁国达到高度认同的时候，权力中枢的交接问题便明朗起来。

尽管乔洪的离开让袁仁国所承担的压力更重了，上市公司董事长兼代理总经理的双重职位，让这位茅台的二号人物工作愈发繁忙，但茅台传承的神秘面纱已经被解开，袁仁国改造茅台的清晰思路已经显现出来。袁仁国是个充满创业和改变现实冲动的人。早在1998年的就职会上，他面对公司中层以上干部就表明了自己的态度："我们现在要唱好三首歌。第一首是《国际歌》：从来就没有什么救世主，也不靠神仙皇帝，一切都要靠我们自己；第二首歌是《国歌》：中华民族到了最危险的时刻，我们茅台眼下就到了最危险的时刻，团结奋斗，努力拼搏才有活路；第三首歌是《敢问路在何方》，纵然脚下有千难万险，我们也要探索出一条自救发展的新路来！"季克良对袁仁国的魄力颇为欣赏，他向《中外管理》透露：正是袁善于思考、敢于创新的作风，打动了自己。

袁仁国是个地地道道的茅台人，用他自己的话说："我对茅台的一草一木，对茅台的每一道工序都熟悉得超过自己手掌上的掌纹。"而现在的袁仁国，任务已经不仅仅是去熟悉生产上的每一道工序，而变成了如何将整个企业传承下去。作为茅台的二号人物，这位已知天命的企业家，显然比两度延任的季克良对茅台的未来更有发言权。

"茅台不但要将国酒文化传承下去，而且要通过创新，不断地发扬光大，只有通过全方位的创新，才能提高企业的核心竞争力。"从进入茅台管理层那天起，传承与创新就成了袁仁国的工作重点。"袁仁国在内部是温柔的改革派。"一位接近茅台高层的媒体人这样定义。传承的茅台需要的正是袁仁国这样的领导者。几十年的积淀，已经让季克良成了茅台的代名词，带领茅台再创新高的任务在季退休的时候将会显得更为艰巨。

2003 年，对于茅台酒集团来说是具有划时代意义的一年。从 1998 年袁仁国接任总经理以来，6 年的时间，茅台成绩斐然。2003 年，著名投资银行瑞士第一波士顿发表报告指出：茅台在中国股市中是最具投资潜力的一只。同年，全球竞争力组织首次对中国 1200 多家上市公司进行竞争力排名，茅台名列前十位。

改革的成功，无疑让季克良这位茅台"老家长"松了一口气。"我现在已经是发挥余热的年纪了。现在的茅台发展良好、班子稳定，年轻人已经证明了自己的能力。"季克良很释然。多年深入基层的工作经历，更让袁仁国对企业的问题有清楚地认识："茅台的每一点成就，都是创新与改革的结果。"而这正是茅台稳定传承的重要砝码。对于家长式企业而言，创新无疑是一种挑战。季克良执掌茅台多年，其管理思路与性格已经将茅台深深地打上了"季氏烙印"，如何能够超越季克良的成就、使茅台达到新的高度，这是袁仁国面临的首要问题。但十余年的积淀，已足以让袁仁国有资本打造一个新的茅台王国。回头看来，内部培养与锻炼的模式，虽然时间跨度大并且充满了不确定因素，但对于茅台这样家长资深、历史久远、生产工艺传统并且具有国资背景的大企业，也许是最适合的。

## 广阔的市场前景

贵州茅台酒由于其历史悠久、制造工艺独特、产品供不应求等，使得公司的业绩一直十分良好，并且由于公司自上市以来，不仅业绩优良，并且经营活动产生的现金流量一直十分稳定。受到茅台销售旺盛以及公司经营上重视程度提高的影响，2007 年茅台的系列酒，主要是王子酒和迎宾酒，销售大幅度增长，也出现了供应紧张的局面。公司计划从 2007 年开始通过 5～10 年的努力实现茅台酒产量两万吨的目标，实现百亿收入集团的目标。公司已经着手寻找新的建设基地，并为未来的长远发展规划准备。2007 年预计增加茅台产量 2000 吨，主营业务销售收入同比可增加 15％。在提价策略上，公司从 99 年开始每年涨价，06 年 2 月提价 15％，2007 年初部分产品提价，这些无疑增长了公司利润的来源。

因为 2007 年一季度基数大，也有可能由于公司年初有意识控制发货量，用有限的供给量来均衡各季度的需求，所以 1 季度收入、利润同比增长速度都略逊于 06 年同期水平，但公司全年净利润同比增长速度能维持在 30％以上仍不成问题。在经历了 2006 年 4 季度、2007 年 1 季度两个销售旺季之后，公司预收账款仍然能维持在 20 亿元之上，随着 2、3 季度淡季的来临，预收账款必然再创历史新高。在主力茅台酒不愁销的情况下，公司将主要的销售考核放在了系列酒（王子酒、迎宾酒）方面，对系列酒销售大户给予适当茅台酒销售计划的倾斜，目前系列酒也开始脱销了，这有利于培养适应酱香口感的消费群体。

## 超级赢利能力

表 4-5　贵州茅台近年业务增长情况

| 日期 / 项目 | 2007 | | 2006 | | | | 2005 |
|---|---|---|---|---|---|---|---|
| | 06-30 | 03-31 | 12-31 | 09-30 | 06-30 | 03-31 | 12-31 |
| 每股收益(元) | 0.9003 | 0.568 | 1.59 | 1.01 | 0.64 | 0.95 | 2.37 |
| 每股收益增长率 | 40.3921 | -40.3816 | -32.7644 | -32.3123 | -47.5469 | 1.4953 | 13.5962 |
| 经营净利率(%) | 32.3201 | 33.7678 | 30.7202 | 29.2663 | 29.8232 | 33.1924 | 28.4579 |
| 经营毛利率(%) | 74.0935 | 72.9637 | 72.1032 | 70.5076 | 68.4421 | 70.0354 | 69.0282 |
| 资产利润率(%) | 13.8772 | 9.0718 | 28.5236 | 18.5872 | 12.26 | 8.3219 | 26.6123 |
| 资产净利率(%) | 8.6636 | 5.5632 | 17.2426 | 11.2784 | 7.6336 | 5.564 | 15.5017 |
| 净利润率(%) | 32.3201 | 33.7678 | 30.7202 | 29.2663 | 29.8232 | 33.1924 | 28.4579 |
| 主营业务收入(元) | 2629088876 | 1587538096 | 4896186901 | 3249453247 | 2029461984 | 1354498050 | 3930515238 |
| 主营收入增长率 | 29.5461 | 17.2049 | 24.5686 | 25.9322 | 20.3611 | 18.3984 | 30.5909 |
| 净利润增长率(%) | 40.3921 | 19.2368 | 34.4712 | 35.3755 | 25.8874 | 21.7943 | 36.3154 |

公司处于较快增长阶段，主营收入和净利润都呈现良好增长，盈利能

力不断提升，销售毛利率、销售净利率、净资产收益率都保持稳步增长态势。高度茅台酒收入同比增长 21.11％，低度茅台酒和系列酒的增长获得突破，收入分别同比增长 43.28％和 47.83％。贵州茅台的长期增长前景看好，量价齐升的态势将在较长时期内持续，公司仍有较大的提价空间，预计 2007、2008 年公司每股收益分别为 2.31 元和 3.24 元，而由于公司的高速增长和所得税并轨因素，08 年动态市盈率将下降到 29 倍左右。

## 贵州茅台的股价表现

说起大牛股，大多数投资者第一个想到的就是贵州茅台，连续攻克百元大关，两百元大关，并稳稳的站在两百元之上，复权价格更是逼近千元大关，从 2001 年上市至今已有近 50 倍的涨幅。贵州茅台的基本面就象茅台酒一样醇香四溢，中国是白酒消费大国，为贵州茅台提供了广阔的市场前景，百年老店造就独特的管理文化，扩张性的品牌让人们真正体会到酒香不怕巷子深。

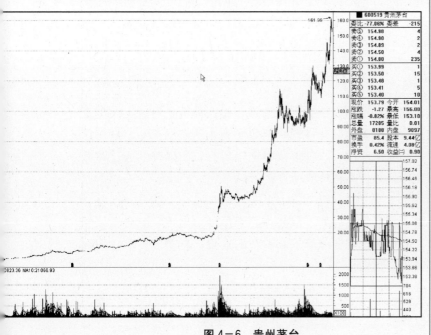

图 4-6　贵州茅台

第四章　选股方法在实战中的应用

## 第四节 坚实的行业壁垒

### 微软

写微软这只个股实属不得已而为之，还有点心痛，我们天天在说我们的国家如何变得强大了，但是我却找不出一只真正的科技股来写，回顾下我们的科技股，多少个让投资充满幻想的科技股，带来的全是难以愈合的伤痕，亿安科技打着科技的晃子，骗走了多少投资者的血汗钱，清华紫光带着清华的光环让老多少投资者饱受套牢之苦；科技龙头青鸟天桥也被带上了 ST 的帽子，上海梅林一个生产食品的上市公司不知何时成了科技股的龙头，带着投资者的梦在裸奔，海虹控股倒是股价创下了涨停板的记录，却全然没有科技股的味道。科技股带给我们的只是个梦和痛。我们可爱的投资者却仍然满怀希望的前仆后继。虽然我们的科技股没有象微软一样的真正科技股，但随着国民经济的高速发展，一定会出现这样的公司，我们这里以微软为例先探讨选股思路，体会这种选股思路，我们可静等我们的上市公司中"类微软"公司的出现。

微软成立只有 30 多年，其创造人比尔·盖茨却成为世界首富多年，微软股价也上涨了几百倍，再次打造了资本市场的神话，微软的成功同样符合我们选股十大要素，具备了大牛股的多项要素，广阔的市场前景，一流的业务模式和卓越的管理水平同时具备；其高科技行业壁垒更是牢不可破。

相比微软，我们证券市场科技类上市公司，我们要慎重对待，大多是"伪科技股"，股价表现也多是昙花一现，至今天为止，还没有一家真正意义上的科技股，当然，以前没有，却可以肯定以后有，所以我们通过对微软的研究和探讨先撑握分析高科技股的方法。

我也有一个梦，那就是我们的上市公司之中早日也出现一家象微软的这样的企业，也让我们的投资者分享下高科技的成果，感受下高科技的魅力。但愿这一天能早点到来！

### 微软公司简介

微软公司创立于 1975 年，公司创立初期以销售 BASIC 解译器为主。

当时的计算机爱好者也常常自行开发小型的 BASIC 解译器，并免费分发。然而，由于微软是少数几个 BASIC 解译器的商业生产商，很多家庭计算机生产商在其系统中采用微软的 BASIC 解译器。随着微软 BASIC 解译器的快速成长，制造商开始采用微软 BASIC 的语法以及其他功能以确保与现有的微软产品兼容。正是由于这种循环，微软 BASIC 逐渐成为公认的市场标准，公司也逐渐占领了整个市场。此后，他们曾经（不太成功地）试图以设计 MSX 家庭计算机标准来进入家用计算机市场。

1983 年，微软与 IBM 签订合同，为 IBM PC 提供 BASIC 解译器，之后微软又向 IBM 的机器提供操作系统。微软之后购买了 Tim Patterson 的 QDOS 使用权，在进行部分改写后通过 IBM 向市场发售，将其命名为 Microsoft DOS。MS-DOS 获得了巨大的成功。

PC 硬件上运行的程序在技术上并不一定比其所取代的大型程序要好，但它有两项无法超越的优点：它为终端用户提供了更大的自由，而且价格更低廉。微软的成功也是个人电脑发展的序幕。

微软公司是世界 PC 机软件开发的先导，比尔·盖茨是它的核心。微软公司 1981 年为 IBM-PC 机开发的操作系统软件 MS-DOS 曾用在数以亿计的 IBM-PC 机及其兼容机上。但随着微软公司的日益壮大，Microsoft 与 IBM 已在许多方面成为竞争对手。1991 年，IBM 公司和苹果公司解除了与微软公司的合作关系，但 IBM 与微软的合作关系从未间断过，两个公司保持着既竞争又合作的复杂关系。微软公司的产品包括文件系统软件（MS-DOS 和 Xenix）、操作环境软件（窗口系统 Windows 系列）、应用软件 MS-Office 等、多媒体及计算机游戏、有关计算机的书籍以及 CDROM 产品。1992 年，公司买进 Fox 公司，迈进了数据库软件市场。

1975 年，19 岁的比尔·盖茨从哈佛大学退学，和他的高中校友保罗·艾伦一起卖 BASIC 语言程序编写本。当

第四章　选股方法在实战中的应用

盖茨还在哈佛大学读书时，他们曾为 MITS 公司的 Altair 编制语言。后来，盖茨和艾伦搬到阿尔伯克基，并在当地一家旅馆房间里创建了微软公司。1979 年，MITS 公司关闭，微软公司以修改 BASIC 程序为主要业务继续发展。

1977 年，微软公司搬到西雅图的贝尔维尤（雷德蒙德），在那里开发 PC 机编程软件。1980 年，IBM 公司选中微软公司为其新 PC 机编写关键的操作系统软件，这是公司发展中的一个重大转折点。由于时间紧迫，程序复杂，微软公司以 5 万美元的价格从西雅图的一位程序编制者帕特森手中买下了一个操作系统的使用权，再把它改写为磁盘操作系统软件（MS-DOS）。公司目前在 60 多个国家设有分支办公室，全世界雇员人数接近 44000 人。

IBM-PC 机的普及使 MS-DOS 取得了巨大的成功，因为其他 PC 制造者都希望与 IBM 兼容。MS-DOS 在很多家公司被特许使用，因此 80 年代，它成了 PC 机的标准操作系统。到 1984 年，微软公司的销售额超过 1 亿美元。随后，微软公司继续为 IBM、苹果公司以及无线电器材公司的计算机开发软件，但在 91 年后，由于利益的冲突，IBM、苹果公司已经与 Microsoft 反目。1983 年，保罗·艾伦患霍奇金氏病离开微软公司，后来成立了自己的公司。艾伦拥有微软公司 15％的股份，至今仍列席董事会。1986 年，公司转为公营。盖茨保留公司 45％的股权，这使其成为 1987 年 PC 产业中的第一位亿万富翁。1996 年，他的个人资产总值已超过 180 亿美元。1997 年，则达到了 340 亿美元，98 年超过了 500 亿大关，成为理所当然的全球首富。

微软的拳头产品 Windows98/NT/2000/Me/XP/Server2003 成功地占有了从 PC 机到商用工作站甚至服务器的广阔市场，为微软公司带来了丰厚的利润；公司在 Internet 软件方面也是后来居上，抢占了大量的市场份额。在 IT 软件行业流传着这样一句告诫："永远不要去做微软想做的事情"。可见，微软的巨大潜力已经渗透到了软件界的方方面面，简直是无孔不入，而且是所向披靡。微软的巨大影响已经对软件同行构成了极大的压力，也把自己推上了反垄断法的被告位置。连多年来可靠的合作伙伴 Intel 也与之反目，对薄公堂。2001 年 9 月，鉴于经济低迷，美国政府有意重振美国信息产业，拒绝拆分微软。至此，诉微软反垄断法案告一段落。

卓越的管理——掌门人比尔·盖茨

　　盖茨出生于 1955 年 10 月 28 日，他和两个姐妹一起在西雅图长大。父亲 William H. GatesII 是西雅图的一名律师，母亲 Mary Gates 曾任中学教师、华盛顿大学的校务委员以及 United Way International 的女主席。盖茨曾就读于西雅图的公立小学和私立湖滨中学，在那里，他开始了自己个人计算机软件的职业经历，13 岁就开始编写计算机程序。

　　1973 年，盖茨进入哈佛大学一年级，在那里他与 Steve Ballmer 住在同一楼层，后者目前是微软公司总裁。在哈佛期间，盖茨为第一台微型计算机－MITSAltair 开发了 BASIC 编程语言。BASIC 语言是 John Kemeny 和 Thomas Kurtz 于 60 年代中期在 Dartmouth 学院开发的一种计算机语言。三年级时，盖茨从哈佛退学，全身心投入其与童年伙伴 Paul Allen 一起于 1975 年组建的微软公司。他们深信个人计算机将是每一部办公桌面系统以及每一家庭的非常有价值的工具，并为这一信念所指引，开始为个人计算机开发软件。盖茨有关个人计算机的远见和洞察力一直是微软公司和软件业界成功的关键。盖茨积极地参与微软公司的关键管理和战略性决策，并在新产品的技术开发中发挥着重要的作用。他的相当一部分时间用于会见客户和通过电子邮件与微软公司的全球雇员保持接触。在盖茨的领导下，微软的使命是不断地提高和改进软件技术，并使人们更加轻松、更经济有效而且更有趣味地使用计算机。

　　1995 年，盖茨编写了《未来之路》一书。在书中，他认为信息技术将带动社会的进步。该书的作者还包括微软公司首席技术官 Nathan Myhrvold 以及 PeterRinearson，它在《纽约时报》的最畅销书排名中连续 7 周位列第一，并在榜上停留了 18 周之久。《未来之路》在 20 多个国家出版，仅在中国就售出 40 多万册。1996 年，为充分利用 Internet 所带来的新的商机，盖茨对微软进行了战略调整，同时，他又全面修订了《未来之路》，在新版本中，他认

第四章　选股方法在实战中的应用

为交互式网络是人类通讯历史上一个主要里程碑。再版平装本同样荣登最畅销排行榜。盖茨将其稿费收入捐给了一个非盈利基金，用于支持全世界将计算机与教学相结合的教师。近地轨道卫星，为全世界提供双向宽带电信服务。

在微软公司上市的 12 年时间里，盖茨已向慈善机构捐献 8 亿多美元，包括向盖茨图书馆基金会捐赠 2 亿美元，以帮助北美的各大图书馆更好地利用信息时代带来的各种新技术。1994 年，盖茨创立了 William H. Gates 基金会，该基金会赞助了一系列盖茨本人及其家庭感兴趣的活动。盖茨捐献的四个重点领域是：教育、世界公共卫生和人口问题、非赢利的公众艺术机构以及一个地区性的投资计划——Puget Sound。盖茨 1994 年 1 月 1 日与 Melinda French Gates 结婚，他们有一个孩子 Jennifer Katharine Gates，1996 年出生。盖茨是一个读书迷，而且很喜欢打高尔夫和桥牌。

盖茨的财富更是一个神话，31 岁便成为世界首富，并连续 13 年登上福布斯榜首的位置，这个神话就像夜空中耀眼的烟花，刺痛了亿万人的眼睛。2006 年，盖茨个人财富到达 500 亿美元。然而，让人意想不到的是，这位世界首富没有自己的私人司机，公务旅行不坐飞机头等舱却坐经济舱，衣着也不讲究什么名牌；更让人不可思议的是，他还对打折商品感兴趣，不愿为泊车多花几美元……为这点"小钱"，如此斤斤计较，他是不是"现代的阿巴公（吝啬鬼）"？可另一面的事实显示，比尔·盖茨并不是那种悭吝的守财奴——比如，微软员工的收入都相当高；比如，为公益和慈善事业一次次捐出大笔善款，他还表示要在自己的有生之年把 95％ 的财产捐出去……看来，这位世界首富跟那种"一掷万金、摆谱显阔"的富翁迥然有异。

盖茨的妻子一入微软的时候，她就被告知，盖茨是个非常特别的人。确实盖茨是一个与众不同的人，单从他对待金钱的态度上就可以看得出来。对他而言，创业是他人生的旅途，财富是他价值量化的标尺，他曾经说过："我不是在为钱而工作，钱让我感到很累。"我只是这笔财富的看管人，我需要找到最合适的方式来使用它。"这就是比尔·盖茨钱最真实的看法。事实上，钱既不会改变他的生活，也不会使他从工作上分心。他经常告诉那些向他求经的朋友："当你有了 1 亿美元的时候，你就会明白钱只不过是一种符号而已。"同所有企业家一样，盖茨也在进行分散风险的投资，他除了拥有股票与债券外，还进行房地产投资，以及其他行业投资。虽然盖茨是个经营天才，但是他从不认为自己的理财更胜一筹，所以他聘请了一位"金管家"——小他十多岁的劳森，比尔除了让他管理自己 50 亿美元的私人投资外，还让他管理比尔—美琳达慈善基金会的资金。

再富也不能富孩子。盖茨认为，自己的成功只与个人努力有关，而与金钱多少没多大关系。确实，盖茨几乎所有创业的钱都是他自己在上学之余打工挣来的，而从来没有向父母伸过手。几乎所有人都钦佩他这点。现在，微软公司的员工所得的各项收入，即使在美国也是最高的。盖茨也从不吝啬对员工发放一些奖金。早在创业之初，公司总经理的年薪就达到了 22 万美元，而那时，盖茨每年只领取 13 万美元。他认为，自己对公司做出的贡献并不是最大的。盖茨笑着告诉美琳达："这是不可避免的，当初我在求学的时候，也有人说我是个不知天高地厚的家伙，可我并不这样认为。我很珍惜每一分钱，我从来都是这样的。"盖茨父母本身的经济收入很丰厚，对于儿子的富有，他们持有什么看法呢？每每有人拿这个问题问比尔，比尔总是不正面回答，而是用玩笑的口气说："我不炫耀给他们看就是了，我会把钱藏起来，埋在草坪下面，现在草皮都鼓了起来，我希望天不要下雨。"的确，即使现在，他也很少谈家庭用钱的话题，但他已经向美琳达保证过，在有生之年把 95％的财产捐出去。众所周知，盖茨与妻子都十分疼爱自己的孩子，但是在满足孩子们的一些要求上，他们绝对是一对吝啬鬼。盖茨从不会给孩子们一笔很可观的钱，当小儿子罗瑞还不会花钱，但女儿珍妮佛已经可以拿着一些零用钱买自己喜欢的东西时，罗瑞总是抱怨父母不给自己买他最想要的玩具车。盖茨有自己的说法，他认为："再富也不能富孩子"。

该花的钱一点也不吝啬。在私人的金钱花费上，盖茨非常节制，但是在事业上，有时他会不惜重金让自己的产品打入市场。起初微软公司的 DOS、Windows 软件是搭配在个人电脑上的，这样可以让电脑的购买者产生一种想法：这些软件是完全免费的，最终使 Windows 系统软件在市场上的占有率高达 90％。在微软推出 DOS 的时候，IBM 虽然与其选择的几家软件公司进行了合作，但是操作

第四章 选股方法在实战中的应用

系统都是作为配件选购的，消费者可以自行决定购买哪种产品。尤其是在竞争激烈的时候，盖茨会不惜一切代价取得市场，那时，他并不在乎钱的问题。在占领 DOS 市场的时候，其他软件价格都在 50～100 美元，而比尔会以接近免费的低廉价格，即 1.5 美元推出自己的产品。正由于微软公司操作系统的普及，客户会认为这些系统整合得很好，便会一同购买微软公司的其他软件。当互联网逐渐发展起来的时候，微软为了与网景抢占网络浏览器软件市场，盖茨决定免费赠送客户大量的软件、使用手册与免费的电话服务。相比之下，网景的行销则显得很保守。虽然，这些让微软一时亏损许多，但是却由此获得了大份额的市场，凡是做过营销的人，都会明白这些，产品销路不畅的问题对一些小公司来说特别重要，如果以很低的价格出售自己的产品，对他们来说也是非常危险的。但是盖茨更清楚，一旦自己的产品成为行业标准，将会产生不可估量的价值，所以他一直告诫美琳达，不要为了在营销上少花钱而绞尽脑汁。

### 微软在中国

自 1992 年进入中国设立北京代表处以来，微软在华的员工总数已增加至 900 多人，已形成以北京为总部、在上海、广州设有分公司的架构。微软在中国也已经跨越了三大发展阶段。从 1992 年至 1995 年是微软在中国发展的第一阶段。在这一阶段，微软主要是发展了自己的市场和销售渠道。

从 1995 年至 1999 年是微软在中国发展的第二阶段。在这一阶段，微软在中国相继成立了微软中国研究开发中心、微软全球技术支持中心和微软亚洲研究院这三大世界级的科研、产品开发与技术支持服务机构，微软中国成为微软在美国总部以外功能最为完备的子公司。

从 2000 年至今，微软进入了在中国发展的第三阶段。这一阶段的微软中国将以与中国软件产业共同进步与共同发展为目标，加大对中国软件产业的投资与合作，在自身发展的同时，促进中国 IT 产业发展自有知识产权。这不仅确定了微软在中国长期发展的战略，表明了微软"把最先进的电子信息技术带给中国，与中国计算机产业共同进步"的庄重承诺。

## 盐湖钾肥

盐湖钾肥是少有长线大牛股，这只股票上市以来，1997 年盐湖钾肥上市时大盘 1200 多点，目前大盘只上涨了四倍，这四倍中间还有上市新股带来的指数虚增，但盐湖胛肥的股价却大了近 50 倍，它不但是 2005 年大牛市的明星股，在整个中国股市之中也是少有的长线大牛股，即使在大盘非常低迷的 2001 年到 2005 年熊市之中，公司的股价依然非常的坚挺，是什么原因让盐湖钾肥的股价如此表现，黑庄？明显不是，历史上盐湖钾肥是被一些私募机构重仓持有，但最后筹码转换到基金手中，股价依然是非常坚挺。

这个耀眼的明星股的背后，并不是炒作的结果，是坚实的基本面所带来的公司业绩的高速成长，盐湖钾肥（000792）是亚洲最大钾肥生产企业，地处青海省察尔汗盐湖，拥有中国最大的可溶性钾镁盐矿床，氯化钾储量占全国已探明储量的 97％。2006 年氯化钾市场占有率约为 20％，毛利率高达 68％。

这些基本面说明了盐湖钾肥具有的天然垄断性，高垄断让上市公司形成不可逾越的行业壁垒。

高垄断性构筑的不可逾越的行业壁垒是盐湖钾肥成为中国股市一颗耀眼的明星股的内在原因，随着中国证券市场的壮大发展，还会有类似的上市公司出现，那还是我们投资的福音。

作为垄断性资源股，其垄断性之高，在整个中国证券市场没有第二家，就目前市场而言，盐湖钾肥的资源具有不可替代性。盐湖钾肥的故事还没完，每一次的充分调整后都是长线介入的机会。

**扩张性品牌**

青海盐湖钾肥股份有限公司地处青海省格尔木市察尔汗，是中国现有最大的钾肥生产基地。现股本总额 5.117 亿元，资产总额 15.76 亿元。现有员工 1396 人，其中各类技术人员 446 人，占员工总数的 31.9％，国家级专家 6 人、省级专家 2 人、公司内部专家 48 人。

目前，公司拥有盐田 120km2，设备 1822 台（套）以及具有世界先进水平的水采船 3 艘。经过四十多年的开发和建设，现已形成集生产、经营、科研、综合开发为一体的大型、现代化钾肥生产企业，生产能力为 60 万吨，历年来产销率均为 100％。公司主导品"盐桥"牌钾肥是中国国内重要的支农产品，在化肥行业中的钾肥排名全国第一位，占我国钾肥生产量和国产钾肥销售额的 96％。

近几年来，公司积极推进科学技术进步，提高企业科技含量，对生产各系统实施一系列技术改造，"反浮选——冷结晶"工艺已达到了国际同类先进水平，产品质量有了质的飞跃，产品水分含量和一级品率达到国际标准。通过不断创新，现已形成了"创新、创效、超越、卓越"的企业精神和"思路决定出路、决策总揽全局、组织关系成败、监控保障实施"的管理理念，并充分利用制度优势、体制优势、产权优势、产业优势、资源优势、产品优势、经济优势、技术优势、人才优势、形象优势等十大优势，形成了生产稳定、改革到位、管理见效、队伍成熟的良好局面，现在公司发展健康、生产经营平稳运行、经营业绩不断提高，继续呈现良好的发展势头。产品质量从 1997 年至 1999 年经青海省技术监督局历次检查，均符合国标 GB6549——33331996 标准。2000 年通过了 ISO9002 质量体系认证，2001 年被国家质量技术监督局评为全国质量监督检测合格产品。从 1999 年至 2001 年"盐湖钾肥"被连续测评为上市公司潜力股 50 强，2002 年 2 月被评定为全国驰名商标。

随着国家西部大开发战略的实施，西部十大重点工程项目之一并由我公司控股的 100 万吨钾肥项目也已全面启动，这将为公司进一步发展注入新的活力。

正因为具有独特的资源优势，盐湖钾肥的"盐桥"品牌成为了"中国驰名商标"，更成为青海第一个"中国名牌"

**广阔的市场前景**

中国最大的问题是农业问题，农业最大的问题是如何解决粮食增产、农民增收的问题，钾肥的缺乏，成为制约我国高效农业发展的"瓶颈"。我国耕地却普遍缺钾，南方尤为严重，以贵州为例，全省有 1/2 的土地缺钾，导致粮食产量增产困难、烤烟"无味"、玉米矮小。在盐湖钾肥

（000792）董事长郑长山看来，肥料和粮食之间有着直接的置换关系，"钾肥就是粮食啊！要是肥料不够了，粮食也就不够了"。

作为世界最大的化肥消费国，我国钾肥的需求量90％依赖进口，新生产线的建成，使整个盐湖钾肥的钾肥生产能力达到200万吨，占全国钾肥产量的80％，"盐桥"牌钾肥纯度（品位）达到95％～98％，与国际钾肥接轨，成本却比进口钾肥降低了1/3。这使我国成为世界上第七个拥有百万吨钾肥生产能力的国家。

作为我国最大的钾肥生产企业，盐湖钾肥的重要性不言而喻。中国钾肥的短缺给盐湖钾肥提供了广阔的市场前景。

### 绝对垄断的资源

盐湖钾肥是中国最大的钾肥生产企业，拥有全国97％的氯化钾资源，处于绝对垄断地位。察尔汗盐湖除了钾，还蕴藏着钠、镁、锂、硼、溴、碘、铯、铷等多种宝贵资源，其中钠的储量达500多亿吨，可供全世界人口食用2000多年；镁的储量为16.5亿吨，是全国最大的镁资源地；锂的储量有800多万吨，占全世界锂资源储量的60％。据专家估测，察尔汗盐湖各类矿藏资源可供开发的经济价值高达12万亿元。

从上面的数据我们可以看到，盐湖钾肥不但具有资源的绝对垄断，而且拥有一个聚宝盆，这个聚宝盆为现在还是单一发展盐湖钾肥，提供想象空间。可以预期的是察尔汗盐湖这个聚宝盆里始终能够飞出金凤凰。"市场上谈论说盐湖钾肥这几年发财了，这实际上并不是我们主动的，更不是我们故意要提高价格坑害农民。我们的产品定价目前是跟踪市场价格在走，但是由于大量进口，定价权并不在我们手中。"

没有定价权，在市场上永远只能做追随者，所以扩大产能，占据更大的市场份额成，为了盐湖人的梦想。盐湖钾肥由于资源的垄断性完全控制了定价权，表现在业绩上，近几年业绩是连续提升。业绩的提升吸引了众多机构的加盟，现在盐湖钾肥成了一个真正的基金重仓股。中金公司就此表示，由于价增量升的因素，盐湖钾肥 2007 年和 2008 年盈利能够实现稳定增长，2008 年后由于 100 万吨固矿液化项目的实施，可能带来业绩的大幅度增长。中金公司最新的研究报告也表示，由于俄罗斯 Uralkaly Berezniki1 号矿被洪水冲垮，短期内无法恢复，Uralkaly 已经将 2007 年的计划产量由 620 万吨下调到 500 万吨。IFA 预测全球钾肥需求将实现 3％的增长，意味着 2007 年钾肥总库存下降或者全球开工率将上升，这将支持钾肥的进一步提价。中国由于社会库存很低，同时粮价上涨也能刺激需求的增加，预计 2007 年钾肥需求将出现同比较大的增速，预计 2007 年中国钾肥进口价在 2006 年上涨的基础上将继续上涨 5～10 美元/吨。由于 2008 年全球仍然没有大型新产能投放，钾肥价格仍能保持小幅上涨。

### 超预期收益

受益于资源垄断优势，近年来公司业绩稳步增长，2007 年中报再次增加固 34％，毛利率提到至 72％，公司业绩据介绍，盐湖钾肥目前钾肥总产能已经达到 190 万吨/年，在 2007 年完成供热中心后，公司 2008 年产能能够超过 200 万吨。公司在 2007 年和 2008 年钾肥销量，每年可以实现 10％的增长。基于上述理由，盐湖钾肥的业绩仍将稳步增长。

## 公司的股价表现

翻开中国证券市场，我们可以发现真正意义上的大牛股屈指可数，盐湖钾肥的股价却在大盘震荡起伏下我行我素，牛市的格局一直没有变，垄断给予了盐湖押肥一切，高垄断保证了盐湖押肥业绩稳定增长，稳定增长的业绩有力支撑着公司股价一路扬升，我们可以看到公司股价从上市以来就没停止过上升的脚步，整体牛市格局非常的明显，至上市以来已经上涨了几十倍。这个涨幅只代表过去，盐湖钾肥的明天依然美好。

图 4-7　盐湖钾肥

表 4-6　盐湖钾肥近年业务增长情况

| 日期<br>项目 | 2007 | | 2006 | | | | 2005 |
|---|---|---|---|---|---|---|---|
| | 06-30 | 03-31 | 12-31 | 09-30 | 06-30 | 03-31 | 12-31 |
| 每股收益（元） | 0.6443 | 0.2367 | 1.0578 | 0.7361 | 0.4741 | 0.0994 | 0.672 |
| 每股收益增长率 | 35.9165 | 138.1503 | 57.4247 | 30.6129 | 34.2379 | 38.5823 | 74.9354 |
| 经营净利率(%) | 32.4907 | 26.8756 | 31.4508 | 32.526 | 30.9148 | 25.0509 | 32.5516 |
| 经营毛利率(%) | 68.6387 | 68.0022 | 64.7106 | 67.8798 | 69.6462 | 67.5692 | 64.6148 |
| 资产利润率(%) | 17.6426 | 6.7838 | 31.3477 | 22.3829 | 14.186 | 3.2339 | 21.9548 |
| 资产净利率(%) | 8.505 | 3.172 | 15.7063 | 11.4766 | 7.3608 | 1.563 | 11.9618 |
| 净利润率（%） | 32.4907 | 26.8756 | 31.4508 | 32.526 | 30.9148 | 25.0509 | 32.5516 |
| 主营业务收入(元) | 1522133281 | 675937841 | 2581588033 | 1737170480 | 1176988485 | 304501456 | 1584429364 |
| 主营收入增长率 | 29.3244 | 121.9818 | 62.9349 | 43.6308 | 51.2941 | 30.967 | 30.7876 |
| 净利润增长率(%) | 35.9165 | 138.1503 | 57.4247 | 30.6129 | 34.2379 | 38.5823 | 74.9354 |

## 第五节　垄断

## 驰宏锌锗

如果选 2006 年牛市的明星股，我相信驰宏锌锗当之无愧，驰宏锌锗创下中国股市多项记录。第一项纪录是第一只站稳 100 元的个股，百元股一直是中国股市一道硬伤，100 元对我们中国上市公司股价是道坎，这个坎很少有人能越过，少数逾越这道坎的上市公司发现百元之上不是天堂，而是地狱。2000 年 2 月 15 日，"亿安科技"股价突破百元大关，成为自沪深股票实施拆细后首只市价超过百元的股票，2 月 20 日最高达到了 126.31 元。但亿安科技也成操纵股价的代名词，正因为亿安科技让很多投资者对百元股心有余悸。清华紫光现已改名为紫光股份，2000 年 2 月 17 日摸高 106.57 元，而且连收盘价都没过百元之上，后来经过大比例除权以及调整，在 2005 年中跌到 8 元附近，又一次让百元股成为投资者心中的痛。2001 年 5 月 18 日，用友软件在万众瞩目下闪亮登场，并于上市当日即触摸百元整数大关，成为继亿安科技之后的第三只百元股。当时只成交了几百手、停留了几秒钟便与百元"吻别"，之后股价更是一路阴跌，追高的投资者再次伤痕累累，投资者经过三次无情的催残之后，对百元股产生了恐惧，但还是在股市引起巨大反响。贵州茅台于 2007 年 1 月，贵州茅台一路飙升，最高至 116.00 元。之后震荡下挫，目前股价在 94 元左右。

受益于公司主营产品价格的暴涨影响，公司业绩出现大幅上升，2006 年驰宏锌锗的年报每股收益 5.32 元再次拿下每股收益的冠军，在业绩支撑下，驰宏锌锗股价在 2007 年 3 月 27 日，第二次攻克百元大关，并将百元大关踏在脚下，之后一路攀升，成就了投资者真正百元股的梦想，一颗耀眼的明星股就此产生。

拿下了股价和业绩双冠王的驰宏锌锗背后的原因何在？我们下面就多方面研究探讨这只大牛股的基本。

**驰宏锌锗概况**

公司前身云南会泽铅锌矿始建于 1951 年，是我国第一个五年计划 156 个重点建设项目之一，也是我国第一个采用烟化法富集技术处理低品位共生矿、难选矿，和唯一能同时处理铅锌氧化矿和铅锌硫化矿的企业。经过 50 多年的发展，公司产品由最初单一的品种发展到今天铅、锌、锗三大系列 20 余个品种。公司是我国最早从氧化铅锌矿中提取锗用于国防尖端工业建设的企业，为我国国防、航空、科技事业的发展作出了重大贡献，为国家有色金属工业的发展写下了辉煌的一页。

云南驰宏锌锗股份有限公司成立于 2000 年 7 月 18 日，于 2004 年 4 月 20 日成为中国证券市场上的 A 股上市公司；是中国百家最大的有色金属冶炼企业之一；云南省第一家被列为国家首批循环经济试点单位的企业。公司现有员工 7600 余人，具有年采选矿石 60 万吨、锌产品 16 万吨、铅产品 5 万吨、锗产品 10 吨、硫酸 26 万吨、银 120 吨综合生产能力。

公司是集探矿、采矿、选矿、冶炼、化工和科研为一体的国家大型 I 企业。拥有矿山厂、麒麟厂两座自备矿山，曲靖和会泽两个生产基地。麒麟厂矿山资源储量大、品位高，富含有价金属，保有工业开采的铅锌金属储量在 314 万吨以上，远景储量预计超过 600 万吨。其工艺及装备均采用国内、国际先进、大型化采选及提升运输设备，采用 DCS 控制作业，实现了井下、地表三网合一（语音、图像、数据）的矿山智能化信息网和选矿自动化控制，代表了国内矿山采矿业先进的技术水平。曲靖冶炼项目锌生产系统采用特大型沸腾焙烧炉和世界先进的自动剥锌技术，各生产系统主控部分均采用自动化控制技术，在国际国内铅锌冶炼企业属最先进的技术和设备，自动剥锌技术在中国独树一帜。

公司 1998 年通过 ISO9002 质量标准体系认证，并于 2002 年完成了 2000 版转版认证，现公司拥有"高锗沉矾液的处理方法"发明专利权等七项核心技术。铅、锌、锗系列产品覆盖我国十余个省市，远销美、德、日、韩、澳等欧美、大洋洲和东南亚国家，"银晶"牌锗锭为国优产品，荣获国家银质奖；"银鑫"牌锌锭、七水硫酸锌为部优产品；"银磊"牌粗铅、"华达"牌工业硫酸锌为省优产

第四章 选股方法在实战中的应用

品，多次荣获国家级和省部级荣誉称号。"银鑫"牌锌锭为伦敦金属交易所（LME）注册商品。锗产量和质量居全国同行业之首。

多年来，公司曾先后荣获全国设备管理优秀单位，国家科技攻关授奖成果单位、全国冶金系统职工教育先进单位、云南省全面质量管理达标单位、"AAA"银行信用等级等数百项荣誉称号。

### 资源垄断优势明显

从公司经营方面看，公司是一家集铅、锌、锗勘探、采选、冶炼、化工、科研为一体的国有控股上市公司。在全国同行业中其产品产量、资产规模、主营业务收入等都位居前列，是中国百家最大有色金属冶炼企业之一，且值得注意的是，公司的资源自给率达100％，资源储备丰富。而在近两年，国际铅、锌的价格呈现持续拉升走势。由于公司的资源自给率高，加之采选、冶炼成本基本没有太大变化，终端销售价格的不断上涨直接带来的将是公司利润成倍式的增长。

资源霸主，国内一流。公司具有年采选矿石60万吨、锌产品16万吨、铅产品5万吨、锗产品10吨、硫酸26万吨、银120吨综合生产能力。公司锗产品产量和质量居全国首位，是全国最大的锗生产出口基地，锗产量约占世界产量10％。07年公司计划完成八项产量目标，即铅锌总量25.1万吨、电铅9万吨、电锌11.15吨、锌合金5万吨、锗产品含锗10吨、硫酸25万吨、白银96吨。另外，公司还是国家发改委、环保总局等6部委确定的首批循环经济试点企业，是集探矿、采矿、选矿、冶炼、化工和科研为一体的国家大 I 型铅锌生产企业，现有配套冶炼能力8万吨/年，随着募资项目"深部资源综合开发利用、环保节能技改工程"——矿山采选工程的投产，公司采选能力达到2000吨/天，年采选能力扩大到60万吨，居国内一流水平。

公司与云南冶金集团成立呼伦贝尔驰宏矿业有限公司，注册资本1.5亿元，公司出资6000万元，占40％，内蒙呼伦贝尔1000平方公里的有色金属探矿权，通过收购、兼并整合探矿权，在探明储量达到200万吨，公司建一个铅、锌10万吨/年冶炼厂。公司对宁南三鑫矿业增资，公司增资4420.8万元，注册资本为5000万，加快矿山开发力度。随着公司新矿的投产，公司的资源优势将更加明显，竞争力更加突出。公司将进一步抓住国家推进改革开放和国家工业化，加快国民经济和社会信息化，全面优化産業結構和実施西部大開発戦略，以及云南省把有色金属作为支柱産业，重点発展锌，加强综合回收稀贵金属的历史性发展机遇和抓住公司区域内蕴藏丰富的铅锌产矿资源这一强大的发展优势，致力于实施锌锗名牌战略，以资源高效利用和循环利用为目标，以"减量化、再利用、资源化"为核心，以"低消耗、低排放、高效率"为重点，使企业发展成为技术一流、管理一流、效益一流，具有国际竞争力的现代化企业。

目前公司是国家唯一一家集采、选、治为一体的国家在型锗、铅、锌生产企业，其中锗的产量和质量居全国首位，是全国最大的锗生产出口基地，锗的产量约占世界产量的10％，随着增发后一系列的收购、兼并整合，资源垄断优势更加明显。

### 超预期的赢利能力

随着近几年整个行业的复苏，金属价格的集体上涨，特别是镍、锡和铅价格的屡创历史新高，公司取得超预期的业绩，公司在2006年实现每股收益5.32元，创下中国股市的纪录，2007的中报再次预增50％以上，公司显示了强劲的增长势头。

## 公司的股价表现

受益于公司业绩的高速增长，公司股价更是在2007年春节后一举攻破百元大关，2007年3月27日第二次攻克百元大关，并将百元踏于脚下，成为中国第一高价股，十送十除权后再度发力，于2007年10月15日再一次攻击百元大关，成为当之无愧的百元股。一些荣誉的到来并不是象亿安科技那样炒作的结果，而是来源于资源垄断让公司形成了坚实的行业壁垒，是公司基本面的真实反映。

图 4-8　驰宏锌锗

表 4-7　驰宏锌锗近年业务增长情况

| 日期<br>项目 | 2007 | | 2006 | | | | 2005 |
|---|---|---|---|---|---|---|---|
| | 06-30 | 03-31 | 12-31 | 09-30 | 06-30 | 03-31 | 12-31 |
| 每股收益<br>（元） | 1.7036 | 1.5355 | 5.3152 | 3.8558 | 2.2556 | 0.671 | 0.8175 |
| 每股收益<br>增长率 | -24.471 | 128.9066 | 550.1734 | 732.4286 | 606.1917 | 182 | 121.9793 |
| 经营净利<br>率（%） | 22.9381 | 22.9514 | 23.2525 | 19.2682 | 19.7404 | 14.8858 | 11.2037 |
| 经营毛利<br>率（%） | 34.1514 | 35.2153 | 33.2335 | 32.0124 | 33.3105 | 32.7979 | 30.3885 |
| 资产利润<br>率（%） | 16.6035 | 7.5117 | 32.0331 | 27.0326 | 16.4432 | 5.1591 | 8.0177 |
| 资产净利<br>率（%） | 14.0996 | 6.3741 | 29.953 | 22.9646 | 13.9809 | 4.3862 | 6.4372 |
| 净利润率<br>（%） | 22.9381 | 22.9514 | 23.2525 | 19.2682 | 19.7404 | 14.8858 | 11.2037 |
| 主营业务<br>收入(元) | 2896589767 | 1304631860 | 4457442370 | 3201805607 | 1828222050 | 721026416 | 1167485542 |
| 主营收入<br>增长率 | 58.4375 | 80.9409 | 281.7985 | 322.0728 | 257.4868 | 162.5532 | 63.6271 |
| 净利润增<br>长率（%） | 84.102 | 178.9799 | 692.3988 | 732.4286 | 606.1917 | 182 | 121.9793 |

# 中石油

中石油成了中国证券市场套牢的代名词，1000多亿资金在首日上市便被悉数套牢，提起中石油，很多投资者很难将它同牛股联系在一起。但是中石油在H股市场上却有着一轮波澜壮阔的升势，可能这也是导致我们内在投资者被套的一个重要原因。对于中石油的A股，因为媒体的误导、市场的狂热等因素导致股价一步到位，一个H股方面让投资者赚得盆满钵满的"印钞机"在A股变成了"绞肉机"，这个事情也让我们体会到价值高估的可怕性。股神巴菲特大量买进中石油时股价才一元多，到中石油A股上市之前，其股价暴涨了十几倍，在我们狂热买进中国石油时，股神已全部抛出其持有的H股，这件事更反映了所谓价值投资精髓。我们这里重点介绍下其H股之所以暴涨的内因。

作为我国最大的原油和天然气生产商，中石油（601857）的油气资源在国内占据优势地位。截至去年底，公司的原油和天然气已探明储量分别为116.2亿桶和15,140.6亿立方米。2007年前6个月，公司的原油产量和天然气可销售量分别为4.2亿桶和226.0亿立方米，在国内完全处于霸主地位。公司还是我国最大的石油产品生产和销售商之一。公司已形成了多个大规模的炼厂，其中包括3个千万吨级炼厂，并具有覆盖全国的成品油终端销售网络。另外公司海外战略已取得很大的进展，截至去年底，公司在海外11个国家和地区经营油气勘探与生产业务，境外原油和天然气探明储量分别占公司的5.5%和1.5%，2006年境外油气产量分别占公司的6%和3%。在国内市场的垄断直接成就公司的高利润，"亚洲最赚钱的公司"桂冠"连戴多年。

中石油和前面我们讲述的中石化有相似之处，但又不尽相同，中石化是一个综合性石化公司，而中石油则是一个完完全全的高垄断的石油公司，是政策导致的高垄断性企业。高垄断成就了中石油，光环效应让无数的投资者成套牢一族，A股中国石油的表现说明了一个真理："再好的公司也要看价值"。

## 股神看中的中资股

中国石油天然气股份有限公司（以下简称"中石油"）是在中国石油开然气集团公司 1999 年重组改制基础上设立的，并于 2000 年 4 月在香港和纽约实现了首次境外上市。由于受当时因素影响，仅发行了 10％的流通股份。经过上市五年多来的努力，公司稳健务实的经营风格和持续向好的基本面，逐步得到境外投资者的高度认可，公司股价不断回升，特别是 2003 年 4 月巴菲特持股后，股价更是一路攀升。

2005 年 9 月 28 日，中石油的 H 股股价收于 5.85 港元，创下历史新高，上市 5 年累计涨幅高达 357％。更重要的意义在于，这表示中石油市值已经达到 1323 亿美元，超过了全球第二大汽车制造商丰田汽车，成为亚洲市值最大的公司。从 2000 年 4 月 IPO 以来，中石油的股价已经累计上扬超过 3 倍。按市值计算中石油已经成为全球第 19 大公司，排名比巴菲特执掌的伯克希尔公司还要高出 3 位，在石油待业公司里，中石油排名第 5 位。

巴菲特管理的伯克希尔公司从 2003 年 4 月初开始持续大笔买入中石油 H 股，截止到 2004 年底，巴菲特共持有中石油 H 股 23.38 亿股，投资成来 4.88 亿美元，2004 年底市值为 12.49 美元，盈利为 7.61 亿美元，两年多投资收益率高达 156％。

在 2005 年 4 月 30 日召开的伯克希尔 2004 年年度股东大会上，巴菲特在回答投资者关于他投资中石油的问题时说：

"几年前，我读了这家公司的年报之后就买进了，这是我们特有的第一只中国股票，也是到目前为止最新的一只。这家公司的石油产量占全球的 3％，这是很大的数量。"

2005 年 3 月 16 日在中石油 2004 年度业绩公布新闻发布会上，董事长陈耕主动透露该公司著名的"小股东"——美国股神巴菲特对中石油的称赞。

"今年 1 月我发信邀请我们的股东巴菲特先生，希望他可以出席今年 5 月在北京召开的财富论坛，巴菲特先生在 1 月 6 日正式给我们回信，谈到他对公司的派息政策，以及他对公司所持有的信心。巴菲特在给陈耕的信中说："如你所知，按照市值计算，我们持有10多亿美元的中石油股票，有一个情况你可能会感兴趣，那就是除中石油以外，我们公司没有购入任何一家油气公司的股票，中石油是我们在油气范围内所选择投资的唯一公司。"

由于巴菲特投资中石油只有两年多的时间，他也没有声明要长期持有中石油，但中石油的确是他在两年内大笔投资且收益率非常高的为数不多的股票，还是他所投资过的为数不多的美国本土以外公司股票，同时也是他至今惟一持有的中国公司股票。应该引起我们注意的，巴菲特用他的行动证明，中国上市公司中有些优秀企业是值得进行价值投资的。

## 生产和销售网络

中国石油天然气股份有限公司是根据中华人民共和国法律经过中国石油天然气集团公司内部重组于1999年11月5日成立的股份有限责任公司。在重组过程中，母公司中国石油天然气集团公司和中石油转移了其与国内勘探和生产、炼制和营销、化工产品和天然气业务有关的大部分资产、负债和权益。中石油发行H股筹资29亿美元，其美国托存股份及H股于2000年4月6日及2000年4月7日分别在纽约证券交易所及香港联合交易所有限公司挂牌上市（香港联交所股票编号0857，纽约证券交易所代号PTR）

### 1. 原油和天然气的勘探、开发和生产

中石油从20世纪50年代初期开始原油和天然气的勘探、开发和生产活动，1959年大庆油田的发现，标志大规模上游经营活动的开始。在过去40多年里，中石油在中国许多地区开展原油和天然气的勘探活动。目前公司正在中国11个省、2个市和3个自治区从事勘探与开发活动。在原油和天然气巨大的开发方面，中石油比其任何一个主

要竞争对手都具有更为广泛的经验。

在过去 40 多年发展中国油气行业的过程中，中石油在陆相沉积的原油及天然气的勘探、开发与生产方面累积先进的技术，实践已经证明，上述对于中国特定的地质条件尤其有效。中石油继续通过内部研究与开发提高公司的上游技术，并且已经开发出一系列提高采收率的技术和其他先进的勘探与开发技术。

截至 1999 年 9 月 30 日，中石油拥有探明原油储量估计值为 108 亿桶，中石油持有全国原油及天然气探明储量绝大部分的采矿许可证。

## 2. 原油和石油产品的炼制、运输、储存和销售

中石油于 20 世纪 50 年代中期开始有限的炼制活动，目前在 8 个省、3 个自治区及 1 个直辖市经营 29 家炼油厂。中石油所加工的原油中 96％是公司勘探与生产业务所提供的。截至 1999 年 9 月 30 日，中石油零售分销网络由约 1790 个公司自己拥有和经营的加油站、约 3600 年由中国石油天然气集团公司全资拥有或由中国石油天然气集团公司与第三者拥有并由中石油提供监督支持的加油站以及约 1050 个特许加油站组成。截至 1999 年 9 月 30 日，中石油拥有和经营约 8700 公司里的管道组成的原油管道网络，日平均输送能力约 230 万桶原油。截至 1999 年 9 月 30 日，中石油还拥有约 1000 公司里的管道组成的成品油管道网络，日平均输送能力约 21237 吨成品油。

## 3. 石油化工产品的生产和销售

中石油自 20 世纪 50 年代初开始生产化工产品，当时在兰州的第一家化工厂开始生产尿素。60 年代初公司开始生产乙烯。目前，中石油分布 11 个省、自治区的 17 家化工厂生产各种石油化工产品，包括基本石化产品、衍生石化产品及其他化工产品。中石油的其他业务基本上供应公司化工业务所有的油气需求。

## 4. 天然气的运输、经营和销售

中石油是中国销售额最大的天然气运输和销售商公司，从 20 世纪 50 年代起开始在中国西南地区的四川省输送和销售天然气。截至 1999 年 9 月

30 日，中石油拥有并经营由大约 11100 公司的管道组成的
地区天然气管道网络，其中约 10150 公里由天然气业务
使用。

**垄断资源优势**

中石油是中国最大的原油和天然气生产者。依销售量
衡量，在石油是中国最大的公司之一。目前，在石油所有
石油天然气储量和产量均在中国范围内。按照 2000 年油
气探明储量比较，中石油是世界第 4 大石油股票公开上市
交易的油气公司。

在美国《石油情报周刊》2001 年 12 月 17 日公布的世
界最大 50 家石油公司名单中，中石油位居第 9 位，首次跻
身于世界 10 大石油公司行列。中石油的油气总储量在世
界石油公司中居第 15 位，油气总产量居第 11 位，炼油能
力和油品销售量分别居第 9 位和第 19 位。在公开上市的石
油公司中，中石油排名第 5 位，仅次于埃克森美孚公司、
英荷壳牌公司、BP 公司和道达尔菲纳埃尔夫公司。

中石油是中国主要的原油和天然气生产商。截至 1998
年年底，与公司在国风原油天然气市场上最大的竞争对相
比，中石油生产的原油和天然气产量是其对手的 3 倍
以上。

中石油大量的已探明和天然气储量估计值为公司稳固
的基础，中石油竞争对手的储量远不如中石油更加充足，
中石油具有明显的竞争优势。

中石油有大量的勘探矿区，此类勘探矿区截至 1999
年 9 月 30 日的总面积为 1483 亿英亩。拥有的采矿许可证
所涵盖的总面积大约为 1000 万英亩，中石油拥有中国石
油与天然气勘探与生产矿区中的大部分。

根据 1998 年公司产量 8.846 亿桶计算，中石油的储采
比为 16.5 年。中石油的已探明运用储量与已探明总储量

的比值较高，截至 1999 年 9 月 30 日，该比值为 78.6％。

从 1995 年底到 1998 年底，中石油已探明的油气储量总共增长了 20.2％。

中石油是中国最大的天然气供应商。目前在天然气供应方面，在向北京、天津、河北省和西部地区等主要市场供应方面几乎没有竞争，只是在四川省与中国新星石油公司存在有限的竞争。中石油正在逐步将天然气业务拓展到中国东海沿海地区，在该地区的市场中公司面临来自于中国海洋石油在限公司资源基础和在管理长距离管道方面较先进的技术，将使其能够继续保持在中国天然气市场中的主导地位。

### 广阔的市场前景

我国石油资源的接替矛盾十分突出，据统计，世界最大的 50 家石油公司石油储采比平均为 49.2：1，天然气储采比平均为 76.3：1，而重组后的中国石油天然气集团公司的石油和天然气储采比分别为 15.7：1 和 35.7：1，中国海洋石油总公司的石油和天然气储采比分别为 6.1：1 和 17.4：1。目前，国内石油资源相对不足，国内资源保证程度走低，进口依存度加大。

我国 2001 年人均石油可采储量只有 2.6 吨，仅为世界平均值的 11％。2001 年原油产量 1.65 亿吨，原油生产已进入高峰期，仍然不能满足国内需要，2000 年进口原油 7000 多万吨，2002 年进口超过 9000 万吨。2003 年我国石油进口量已经超过日本，成为世界第二大石油进口国。2004 年我国原油净进口 1.17 亿吨，占世界原油贸易量的 6.31％。据权威机构预测，我国 2010 年石油总需求量将达到 3.4 亿～3.8 亿吨，2020 年达到 4.3 亿～5.3 亿吨，石油供应对外依存度将达到 55.8％，成为世界第一大油品进口国。

### 卓越的管理团队

在 2005 年 4 月 30 日召开的伯克希尔 2004 年度股东大会上，巴菲特在回答投资者问题时对中石油管理能力这样评价说："中国政府持有中石油 90％的股份，我们持有 1％，所以我爱开玩笑说在我们两者之间，我们在掌控这个公司。不幸的是我们持有超过了 10％的流通股本的时候，必须要披露了，我们本打算买入更多的，但是股价涨起来了，管理层运作得很好。"

中石油董事长为马富才，他同时兼任中国石油天然气集团公司总经理。马富才毕业于北京石油学院，高级工程师，在中石油天然气行业拥有逾30年的经验。1990年2月至1996年12月任中石油天然气总公司下属的胜利石油管理局副局长、常务副局长、局长。1996年11月至1996年12月任中石油天然气总公司副总经理。1997年6月至1998至11月兼任大庆石油管理局局长。1998年4月起任中国石油天然气集团公司总经理。1999年11月起兼任中国石油天然气股份有限公司董事长。

对中国石油天然气集团公司这个老国有企业的资产重组，被认为是当时我国企业改革中规模最大的一次"手术"。马富才上任伊始，进行了一系列大刀阔斧的改革。

第一是加强财务管理，降低财务费用。财务管理费用的高低，是衡量一个公司管理水平和运行机制的重要指标。马富才着力盘活母体的存续公司实施持续重组，将旗下盈利低下的小炼油厂全部关闭，同时将名地300个分支机构所设的总数3000个银行账户全部取消，改为只采用一个总公司开设的银行账号，由北京统一管理。经过中国石油天然气集团公司整改财务费用因此降低了近100亿元。

第二是减员增效。中国石油天然气集团公司资产运作水平和盈利能力的总体指标与国际上著名的大石油公司相差无几，但人均指标却相差巨大，因为当时的中国石油天然气集团公司拥有150多万名员工。马富才意识到冗员不减，企业难兴！据中国石油天然气集团公司有关人士介绍，从1999年开始的3年度，整个集团公司累计裁员36万余人，其中股份公司裁员5.5万人，存续企业裁员近31万人，仅此一项，集团公司增效达38亿元。

自1999年至2002年，中石油股份有限公司共裁减

5.83 万人，已达到中石油上市时原计划裁员 5 万人的承诺目标。

马富才在接受记者采访时说，公司内部机制改革虽然历经了一个阵痛的过程，但它还原了企业作为"市场竞争的主体"的本来面目，为中石油今后更大步伐的改革和发展创造了前所未有的条件和基础。

2004 年 4 月，国务院同意接受马富才辞去中国石油天然气集团公司总经理职务的请求；另外，中共中央已批准马富才辞去中共中国石油天然气集团公司党组书记职务。同时国务院任命中国石油天然气股份有限公司总裁陈耕为中国石油天然气集团公司总经理。

陈耕同样在中石油天然气行业拥有逾 30 年的工作经验。30 多年来，陈耕与中石油在国内南征北战，在海外激烈角逐。凡与他相处过的同仁都有这样的看法：陈耕勤于钻研，求真务实，从不自满。

与现在的几位中石油老总不同，陈耕学的不是石油专业，他是高级经济师，早年在北京经济学院完成了高等教育。从 1983 年出任长庆石油勘探局副局长以后，陈耕开始了他领导工作的生涯。1985 年调至原石油工业部出任劳资司副司长，1993 年任中石油天然气总公司总经理助理，1998 年为原国家石油和化学工业局副局长，2001 年走马上任中国石油天然气集团公司副总经理，2001 年 6 月 8 日起被聘任为中石油董事，2002 年被聘任为中石油公司总裁。

中石油公司于 2004 年 5 月 18 日和 19 日先后召开了 2003 年度股东年会和董事会二届六次会议。经董事会选举，全体董事一致同意陈耕任中石油公司董事长，蒋洁敏任副董事长，并聘任蒋洁敏为总裁。

尽管中石油的董事长、总经理等高层管理者发生了重大变化，但中石油公司整个管理却仍然十分稳定，绝大部分管理人员在公司一个或多个业务部门从业超过 15 年，在石油行业拥有丰富的经验。

### 超预期赢利能力

在 2005 年 4 月 30 召开的伯克希尔 2004 年度股东大会上，巴菲特在回答投资者问题时高度评价中石油的盈利规模水平："中石油的市值相当于艾克森美孚的 80%。2003 年中石油的盈利为 120 亿美元。2003 年在《财富》500 家公司的排行榜上只有 5 个公司获得了这么多利润。

在《财富》杂志 2002 年 1 月 2 日公布的"中国上市公司 100 强"排行榜中，中石油以 2420 亿元营业收放位居第 2 位。

2001 年 7 月在世界具有广泛影响的《商业周刊》公布了全球 1000 家最有价值公司及全球新兴市场 200 强公司，中石油 2000 年所创下的 66.7 亿美元的利润，高居于全球新兴市场 200 强公司之首，比利润排名第 2 位的韩国三星电子高出近 20 亿美元。

上市五年来，中石油不断扩大核心业务规模，油气勘探接连取得重大突破，石油储量接替率 2004 年大于 1；原油产量保持稳中有升，天然气产量快速增长；原油加工量、成品油及化工产品产销量逐年大幅增长，2004 年与上市时相比，原油加工量增长约 39%，加油站数量增长 129%；西气东输、陕京二线、忠武线等一批重点管理相继建成投产；同时，公司的盈利能力和企业价值不断提升。销售收入从 1999 年的 1817 亿元上升到 2004 年的 3886 亿元，2005 年上半年达到 2525 亿元；按国际会计准则，2004 年实现净利润达到人民币 1029 亿元，2005 年上半年已达 616 亿元，成为亚洲盈利最多的公司。

不过，中石油原油收入和盈利持续上涨的最主要原因是，原油价格近几年持续大幅度上涨，屡创历史新高。

2002 年国际原油价格大幅攀升，年初至年末国际原油价格上升 16 美元/桶，升幅达到 87%。2002 年美国西得克萨斯中油（WTI）、北海布伦特原油（Brent）t 米纳斯原油（Minas）全年平均价格分别为 26.19 美元/桶、25.08 美元/桶和 25.72 美元/桶。国内原油进口量继续增长，2002 年中国原油进口数量比上年增长一成五，达到 6941 万吨。2002 年国内原油产量和原油加工量分别达到 1.68 亿吨和 2.06 亿吨。

第四章　选股方法在实战中的应用

2003 年受国际军事、政治、经济等因素的共同影响，国际原油价格大部分时间在高价位运行，全年平均价格有较大幅度上涨。全年美国西得克萨斯中油、北海布伦特原油和米纳期原油全年平均价格分别为 31.05 美元/桶、28.84 美元/桶和 29.50 美元/桶，比 2002 年全年平均价格分别上升 4086 美元/桶、3.76 美元/桶和 3.78 美元/桶。受国际油价影响，国内原油价格相应上调，平均实现价格高于 2002 年。2003 年中石油平均实现原油价格为 27.20 美元/桶，比 2002 年增长 21.00%。

2004 年，受世界经济复苏、原油需求大幅增长以及国际政治局势等因素的共同影响，国际原油价格大部份时间在高价位运行，年平均价格有较大幅度上涨。美国西得克萨斯中油、北海布伦特原油和米纳斯原油全年平均价格分别为 41.52 美元/桶、38.25 美元和 36.97 美元/桶，比 2003 年全年平均价格分别上升 10.47 美元/桶、9.41 美元/桶和 7.47 美元/桶。受国际油价影响，国内原油价格相应上调，平均实现价格高于 2003 年。2004 年中石油平均实现原油价格 33.88 美元/桶，比上年同期 27.20 美元/桶上升 6.68 美元/桶，增长 24.6%。

2005 年以来，国际油价继续不断攀升，美国遭遇"卡特里娜"飓风后，原油曾涨至每桶 70.80 美元的历史新高。世界原油价格从 2005 年初的每桶 40 多美元涨到 10 月份每桶 60 多美元，涨幅已达 50%。市场普遍认为，未来几年国际油价将持续处在高位，并且还可能继续上涨，可以肯定的是，未来全球的高油价现象将会长期化。这对中石油来说，意味着未来几年可以继续保持高盈利和高增长。

我们重点分析一下近几年中石油最主要的勘探与开发业务的盈得能力与增长情况。

2000 年，中石油的油气储量稳步上升，在西部的准噶尔盆地、中部的陕甘宁盆地及东北部的松辽盆地及玉门油田等均取得重大突破，发现了中国目前探明储量最大的整装气田"克拉 2 气田"。在 2000 年，中石油的油气合计产量与 1999 年相比略有上升，共生产了 7.654 亿桶原油及 5053 亿立方英尺商品天然气。

在 2001 年中石油勘探与生产板块的销售和其他经营收入为 1482.77 亿元人民币，减幅为 13.25%。主要是由于中石油油价与国际油价直接接轨，国际油价下降引起中石油原油平均实现销售价格下卫生局13.23%。

在2002年中石油勘探与生产板块的营业额为1473.08亿元人民币，轻微下降0.65%。主要是由于中石油原油平均实现销售价格下降4.79%。

到2002年底油气操作成本从上市时的每桶5.05美元削减至4.32美元，已基本接近国际同行水平。

2003年中石油油气勘探与生产取得较好成果，勘探与生产业务的营业额达到1772.71亿元人民币。期内，中石油继续强化油气勘探，深化地质研究，适当增加投入，取得了一系列重要成果。新发现了5个具有较大储量规模的油气区，为稳定和提高公司油气产量提供了新的资源基础。原油生产积极实施东部战略性调整，加快西部上产步伐，全年完成原油产量约7.75亿桶，比上年增长0.66%。天然气开发以川渝、长庆、青海、塔里木四大气区为重点，产量持续增长，可销售天然气产量6913亿立方英尺，比上年增长14.26%。

2004年中石油的油气勘探与生产继续保持良好发展势头，勘探与生产业务的经营利润达到1255.71亿元人民币，比上年增加35.9%。全年完成原油产量约7.784亿桶，比上年增长0.5%。生产可销售天然气8412亿立方英尺，比上年增长21.7%。期内，中石油通过大油气勘探力度，在冀东滩海南堡、鄂尔多斯盆地、松辽盆地南部、塔里木盆地、四川分地和大庆徐家围子深层等地区取得一系列重要发现。全年实现原油储量替换率1.02，天然气储量替换率4.41。

## 中国石油的股价表现

事实上中石油的超级盈利能力是经过一个相当长的过程才被市场广泛认可的。

2000 年 4 月，中石油招股时，证券市场正在热捧网络股和高科技股，作为传统产业股的中石油的盈利能力受到市场普遍质疑。世界经济金融杂志《商业周刊》发表题为《这位巨人能在华尔街腾飞吗?》一文，对中石油上市深表疑虑。承销商高盛公司不得不降低中石油的发行价格，使发行总额从原定的 50 亿美元削减至 29 亿美元。中石油开局虽不佳，但上市后表现良好，股价由最初的 1.28 港元一度摸高至 2 港元以上。经过上市 5 年多来的努力，加上近年国际原油价格持续大幅上升，公司强大的盈利能力和成长性逐步得到境外投资者的高度认可，公司股价不断回升，特别是 2003 年 4 月巴菲特持股后，股价更是一路攀升。2005 年 9 月 28 日，中石油的 H 股股价收于 5.85 港元，创下历史新高，上市 5 年累计涨幅高达 357%。中石油市值达到 1323 亿美元，超过了全球第二大汽车制造商丰田汽车，成为亚洲市值最磊的公司。

当然不可否认的是，近几年原油价格持续走高，并创下历史新高，是中石油业绩大幅度增长的一个非常重要的原因，但我们同样要注意，上市 5 年来，中石油勘探上的重大突破、成本费用显著下降、大幅裁员、西气东输天然气管理建设等也是中石油盈利能力持续大幅增长的重要原因。

## 第六节　行业龙头

### 中国石化

2005 年的大牛市，中国石化功不可没。随着工商银行等权重股的上市，中国石化虽然从第一权重的宝位上走下来，但其对市场的带动力仍不可小视，很多次在大盘危难之急，中国石化都会挺身而出，俨然就是"救世主"；如此巨大流通盘，竟然在不到三年的时间内上涨了十几倍，在全世界证券市场都实属于罕见，这个奇迹背后还是中国石化基本面。

中石化的暴涨是合力作用的结果，我们前面讲的成为牛股的十大要素，有一大半在中国石化身上体现出来，广阔的市场前景众所皆知，随着国民经济的发展，石油化工都是国民经济的支柱产业，遍地开花的分支机构让中石化的业务如虎添翼，政策导致的垄断更为中石化构筑了不可逾越的行业壁垒，做为石化行业的霸主，行业的复苏为上市公司的发展注入了活力，在以上合力作用下，在大牛市的背景下，集千宠百爱于一身的中国石化股价涨幅创造了奇迹当属情理之中。

象中石化这样具备众多牛股要素的个股在我们的证券市场中并不罕见，还有下面一个我们举的案例中石油也和中石化的情形极其相似。中国石油是中国石油垄断者，中国石化则是集石油、石化于一身的综合公司，是行业内绝无仅有的龙头企业。

中国石化和盐湖钾肥不同，我们在看到中石化的美丽一面的同时，也要注意其存在的风险。类似中国石化这样的超级大盘股，其行业还具备周期性的特点，并不是一个增长性行业，也不可能出现持续高成长，所以它的每一轮大幅度的上攻，都会聚集大量的风险，对这类个股还是要注意其行业拐点，否则将陷入轮回之苦。

### 油老大的江湖地位

中国石化是一家上中下游一体化、石油石化主业突出、拥有比较完备销售网络、境内外上市的股份制企业。中国石化是由中国石油化工集团公司依据《中华人民共和国公司法》，以独家发起方式于 2000 年 2 月 25 日设立的股份制企业。中国石化 167.8 亿股 H 股股票于 2000 年 10 月 18、19 日分别在香港、纽约、伦敦三地交易所成功发行上市；2001 年 7 月 16 日在上海证券交易所成功发行 28 亿股 A 股。截至 2006 年底，中国石化股份公司总股本 867 亿股，中国石化集团公持股占 75.84％，外资股占 19.35％，社会公众股占 4.81％。中国石化是中国最大的一体化能源化工公司之一，主要从事石油与天然气勘探开发、开采、管道运输、销售；石油炼制、石油化工、化纤、化肥及其它化工生产与产品销售、储运；石油、天然气、石油产品、石油化工及其它化工产品和其它商品、技术的进出口、代理进出口业务；技术、信息的研究、开发、应用。中国石化是中国最大的石油产品（包括汽油、柴油、航空煤油等）和主要石化产品（包括合成树脂、合成纤维单体及聚合物、合成纤维、合成橡胶、化肥和中间石化产品）生产商和供应商，也是中国第二大原油生产商。

中国石化建立了规范的法人治理结构，实行集中决策、分级管理和专业化经营的事业部制管理体制。中国石化现有全资子公司、控股和参股子公司、分公司等共80余家，包括油气勘探开发、炼油、化工、产品销售以及科研、外贸等企业和单位，经营资产和主要市场集中在中国经济最发达、最活跃的东部、南部和中部地区。中国石化将继续秉承竞争、开放的经营理念，扩大资源、拓展市场、降本增效、严谨投资的发展战略，公司利润最大化和股东回报最大化的经营宗旨，外部市场化、内部紧密化的经营机制，规范、严谨、诚信的经营准则，努力把中国石化建设成为主业突出、资产优良、技术创新、管理科学、财务严谨、具有一定国际竞争力的世界级一体化能源化工公司。

中国石化的最大股东——中国石油化工集团公司是国家在原中国石化总公司的基础上于1998年重组成立的特大型石油石化企业集团，是国家出资设立的国有公司、国家授权投资的机构和国家控股公司。

中石化和中石油占有国内石油市场绝大部分份额：原油方面，中石化占22％，中石油67％；成品油，中石化占31％，中石油占12％。按国家有关部门的市场划分，以黄河为界，中石油主要经营北方市场，中石化则以南方市场为主。一个具有垄断地位的油老大正式确立了自己的江湖地位。

**垄断地位的确立过程**

为了加快发展和完善中国社会主义市场经济体制，打破垄断，推动竞争，更快更好地发展社会生产力，1998年国务院决定对全国石油化工工业进行战略性改组。原中国石油化工总公司和中国石油天然气总公司相互交换部分油田企业和炼化企业，并将原隶属地方政府的省、市、自治区石油公司相应地划转到两大集团公司，分别组成中国石油化工集团公司和中国石油天然气集团公司。经过这次重组，中国石油和中国石化两大集团公司分别实现了上下游、内外贸、产供销一体化，完成了产业结构的纵向一体化调整。大体上，过去中国石油天然气总公司只管油田，不管炼油和化工，上游的油田被它垄断了。中国石化总公司只管炼油和化工，中下游的炼油、化工企业就被它垄断了。两者之间不是竞争的关系。社会主义市场经济最重要的是要在企业之间构筑竞争的关系，促使企业不断增强活力，并通过互相竞争推动石油石化事业发展。这次调整，打破了原来的纵向分工，以南北划分，形成两大集团的平行竞争格局。

北京以南的东部、南部地区的企业划归中国石化集团公司，北京以北的东北、华北的大部分地区的企业，以及西北、西南的部分地区的企业划归中国石油天然气集团公司。中国石化集团公司由于上游规模小，国务院于 2000 年 3 月决定，把分散在全国各地的中国新星石油公司整体并入中国石化集团公司，使石化集团公司的上游实力得到一定程度的增强。中国石化集团公司重组后，实现了政企分开，成为一个真正的经营实体和市场竞争的主体，在促进石油石化工业发展，推进改革开放和市场竞争等方面发挥新的重要作用在中国石化集团公司成立前后，集团公司下属的部分特大型企业相继进行了股份制改革。先是 1993 年上海石化股份公司的改制上市。接着，镇海炼化、仪征化纤、燕山石化、扬子石化、齐鲁石化、胜利大明、中原油气、江汉钻头等 17 家企业，相继进行了股份制改革。这些股份制改革的企业，在资本市场总计募集到资金 213 亿多元，大大改善了企业的资产负债结构，推进了公司内部的改革，培养了人才，积累了经验，为后来的集团公司整体股份制改革创造了条件。

中国石化有 60 多个企业，前几年有下属的 17 家企业先期上市，成立集团公司以后再进行重组，把全公司的资产进行改制重组，于 1999 年实行整体股份制改革。2000 年 2 月，成立中国石油化工股份有限公司，将主业和辅业分离，将优良资产和不良资产分离，企业职能与社会职能分离，把主业中比较优良的资产划入中国石化股份公司，把社会的职能分离出去。这次整体股份制改革，列入上市范围的直属和控股企业共有 60 家，其中有 17 家是先上市的。以 1999 年 9 月 30 日为评估的基准日，评估后中国石化股份公司的总资产是 2495 多亿元，总负债 1513 亿元，净资产 982 亿元，资产负债率为 60.63%。进入中国石化股份公司的职工是 51 万人，占中国石化集团公司总人数 119.4 万人的 40%。

整体股份制改革以后，中国石化股份公司在管理体制上与国际惯例接轨，实行一级法人为主的事业部管理体制，建立股东会、董事会、监事会、经理层的治理结构。

中国石化集团公司是上市公司的控股股东，按《公司法》、国家有关规定和上市公司的章程进行控股管理，并继续对非上市的单位进行管理。中国石化股份公司 2000 年 10 月在境外成功上市，共发行 167.8 亿股 H 股股票，募集资金 34.62 亿美元。2001 年 7 月，在境内发行 28 亿股 A 股股票，募集资金 118.16 亿元。中国石化股份制改革的成功，在中国石油化工工业发展史上具有里程碑的意义。它对于未来的改革与发展，对于中国石化股份公司的国际化经营，都将产生深远的影响。

1998 年，除中石油和中石化外，中国在石油勘探开采业还有新星石油公司，在成品油销售方面还有原属交通部、后属中远集团的中国船舶燃料总公司，但实力上极不对称的竞争关系根本无法维持，最终，新星公司整体并入中石化，中国船舶燃料总公司以合资形式并入中石油。幕后的奥秘也许外人永远不知，但维持两大石油垄断同盟利益的结果却昭然如揭。同时，中国民营企业进入石油领域也因此而障碍重重，硕果仅存的陕北民营石油勘探开采业也于去年郁郁而终。中石油与中石化最近有点儿烦：一是油价涨涨涨涨涨，"油老大"成了众矢之的；二是一批民营企业获得原油和成品油进口资格，"油老大"垄断油源进口的特权一去不复返了；三是几十家非国有石油企业组建直属全国工商联的石油商会，酝酿发起石油产业基金，意欲进入石油上游产业，"油老大"的核心领地第一次受到直接挑战；四是年底中国对外资全面开放成品油零售市场，"油老大"将与 BP、壳牌等国际石油巨头同台竞技——一言以蔽之，"天下英雄，使君与操"的双寡头格局行将终结，"豪杰并起，烟尘遍地"的多元竞争时代已现端倪。据中国海关最新统计，2006 年中国原油进口 14518 万吨，创历史新高，成品油进口 3638 万吨。由于国际油价上涨，进口单价大幅上升，按照 2005 年的进口平均单价计算，2006 年中国进口原油和成品油多支付 152.62 亿美元。目前，中国是世界上仅次于美国和日本的第三大石油进口国，同时也是仅次于美国的第二大石油消费国。据海关统计，2006 年中国进口的原油和成品油分别增长 14.5％和 15.7％，进口金额则增长了 39.2％和 49.2％。进口原油金额 664.11 亿美元，进口成品油金额 155.51 亿美元，合计 819.62 亿美元。其中进口原油平均单价为每吨 457.44 美元，比 2005 年每吨上涨了 81.14 美元。按 2005 年均价计算，2006 年进口原油多支出 117.78 亿美元。进口成品油每吨上涨 95.77 美元，多支出 34.84 亿美元。

2006 年，我国石油和化学工业全年完成工业产值（现价）4.2 万亿元，2006 年以来，石油和化工投资继续保持快速增长，2006 年上半年全行业固定资产投资增长了 36.3％，比全国平均高出 6 个百分点，其中高能耗行业如氮肥投资增长了 33.4％，氯碱、电石行业投资也不断增长，农药行业投资增长了 48.1％，轮胎投资增长了 71.2％。对两碱、电石、农药、涂料、染料等传统化工产品，在不少地方上半年投资出现翻番，进一步造成产能过剩，加剧了能源供应、环境治理的压力，增加了行业结构调整的难度；精炼石油产品制造业产销率为99.3％；在天然气市场不断扩大、利润也日渐丰厚的大趋势下，国内能源巨头纷纷巩固和扩大自身的市场份额。国内天然气市场一直是石油巨头们的天下，中石油、中石化和中海油三家公司占据国内 80％的市场份额。而中石油则凭借西气东输工程，在天然气市场特别是长江以北地区占据绝对优势。

从油气资源价值重估的角度来看，国际一体化油气公司的"股价/每股储量"、"企业价值/总储量"为 15 倍附近；国际独立油气公司的相应指标分别为 10.8 和 13.7 倍。中石油、中石化、中海油的定价与此相仿，未见明显低估或高估。而在"企业价值/油气产量"中，三家国企股的倍数还略高于国际同行。

以 2005 年数据为例，中石油、中石化之收入增长率，中海油之收入增长、盈利增长率都要明显高于国际同行。若以未来预期为考量，三大国企股 EBITDA、净利润仍维持增长，而国际同行均为负值（低增长率是因为分析师对油价看跌的判断；若油价稳定，以上公司都会继续增长）。

**超预期的赢利能力**

中国石化广阔的市场前景众所皆知，随着国民经济的发展，石油化工都是国民经济的支柱产业，遍地开花的分支机构让中石化的业务如虎添翼，政策导致的垄断更为中石化构筑了不可逾越的行业壁垒，做为石化行业的霸主，行业的复苏为上市公司的发展注入了活力，在以上合力作用下，近几年中国石化的业绩稳步增长，展示了一个蓝筹股应有的风采，2007 年中报业绩更是出现了 50％以上的增长，从 2001 年每股收益 0.16 元，到 2006 年达到每股收益 0.58 元，2007 年三季报就达到 0.56 元，连续多年业绩高速平稳增长。

表 4-8 中国石化近几年业绩成长情况

| 项目 ＼ 日期 | 2007 | | 2006 | | | | 2005 |
|---|---|---|---|---|---|---|---|
| | 06-30 | 03-31 | 12-31 | 09-30 | 06-30 | 03-31 | 12-31 |
| 每股收益(元) | 0.4028 | 0.224 | 0.584 | 0.39 | 0.239 | 0.105 | 0.456 |
| 每股收益增长率 | 68.8911 | 112.6835 | 28.0752 | 27.7157 | 14.6032 | 1.3994 | 22.5655 |
| 经营净利率(%) | 6.1615 | 6.9786 | 4.8502 | 4.4774 | 4.2904 | 4.0997 | 4.9502 |
| 经营毛利率(%) | 15.451 | 15.7071 | 13.0449 | 12.4424 | 12.4011 | 12.1882 | 14.23 |
| 资产利润率(%) | 8.4273 | 4.6074 | 13.1379 | 8.8307 | 5.6569 | 2.5188 | 12.539 |
| 资产净利率(%) | 5.61 | 3.1895 | 9.0867 | 6.1303 | 3.7962 | 1.7218 | 8.0677 |
| 净利润率(%) | 6.1615 | 6.9786 | 4.8502 | 4.4774 | 4.2904 | 4.0997 | 4.9502 |
| 主营业务收入(元) | 566830000000 | 278250000000 | 1044579000000 | 755219000000 | 481988000000 | 222699000000 | 799115000000 |
| 主营收入增长率 | 17.6025 | 24.9444 | 30.717 | 30.8894 | 34.1658 | 31.7434 | 35.2983 |
| 净利润增长率(%) | 68.8911 | 112.6835 | 28.0752 | 27.7157 | 14.6032 | 1.3994 | 22.56553 |

## 中国石化的二级市场表现

十大牛股要素中国石化占了一半，这些要素产生的动力体现经营上就是业绩高速增长，高速增长的业绩体现在股价上就是一路高歌猛进。中国石化上市之初正赶上证券市场的低迷，公司股价经过上市之初的短暂低迷，之后随着业绩的稳定增长，股价一路上扬，在工行和中行上市之前，中国石化是第一权重股，对大盘来说有定海神针的作用，并引领了 2003 年的跨年度蓝筹股行情。2005 年开始的大牛市，中国石化总是在大盘危机之时挺身而出，成了中国股市的救世主，530 大盘暴跌之际，中国石化却一路高歌，引领整个蓝筹股板块整体走强，再次成为中国股市的"带头大哥"。

图 4-9　中国石化

## 第七节　行业复苏

### 江西铜业

　　在前面长线选股法则中我们讲过，行业复苏是选取波段性大牛股的一个重要手法，大部分的上市公司都有周期性，学会利用和把握上市公司的周期性变动，可以让我们轻松超越市场。在 2005 年的大牛市中，有色板块整体复苏，整个板块的表现也非常突出，其中一个领军人物就是江西铜业，只用了二年的时间取得了 20 多倍的涨幅，行业复苏作为长线选股手法的魅力可见一斑，后面我们还会讲述行业复苏的第二个案例，中信证券，我们可以从中信证券的暴涨中再次感受行业复苏的吸引力。

　　江西铜业的暴涨的基本面内因有以下几个方面：第

一，全球经济高速增长为江西铜业提供了广阔的市场前景；第二，江西铜业作为行业龙头的竞争优势；第三，资源垄断为江西铜业发展提供了坚实行业壁垒；第四，行业复苏为业绩爆炸式增长提供了契机。江西铜业铜产量全国第一，资源相对垄断，近几年随着铜价的大幅上涨，公司业绩大幅度提升，随着人民币的生值影响，大量资金流入资源股，江西铜业在合力的作用之下，江西铜业股价出现一轮暴涨行情。

江西铜业的暴涨已告一段落，作为周期性行业复苏的领军人物，在这轮行情之中让我们感受到了其独特魅力，年有四季，月有圆缺，周期性行业是一个轮回，它的故事还会重复的上演，没有太多新鲜的东西，只是简单的周而复始，学会利用周期性行业的特点是每一个投资者必备功课。

我们这里探讨的江西铜业只是周期性行业的一个案例，无数个周期性行业的龙头都在重复着江西铜业的故事，通过对江西铜业的研究使我们撑握周期性行业的特点，感受周期性行业复苏期的爆发力，撑握对周期性行业个股的操作技巧。

## 公司概况

江西铜业集团公司成立于 1979 年 7 月，是中国有色金属行业集铜采、选、冶、加于一体的特大型联合企业，是中国最大的铜工业生产基地和重要的硫化工原料及金银产地，也是国家重点扶持的国有特大型企业之一。公司总部设在江西省贵溪市。公司现拥有江西铜业股份有限公司（包括德兴、永平、武山三个矿和贵溪冶炼厂）江西铜业铜材有限公司、江铜—耶兹铜箔有限公司、江铜深圳南方总公司等 59 家法人实体和城门山铜矿等 11 个二级单位及驻外机构，职工三万余人，总资产 138 亿元。2003 年 7 月和 2004 年 6 月，江铜成功控股四川康西铜业有限责任公司和山西刁泉银铜矿。

江西铜业集团公司拥有丰富的矿产资源，全国前 5 大矿山均为集团所有，原料自给率在全国铜行业名列前茅，随着德兴铜矿富家坞矿区、成门山铜矿的成功开发，大大延长了矿山的服务年限。在国家的重点支持下，经过 20 多年的大规模开发建设，公司建成了具有世界水平、全国最大的贵溪冶炼厂，于 2000 年实现了国家规划的第一个战略目标—年产商品铜 20 万吨能力，2003 年 9 月贵冶三期工程全面建成投产，综合年产铜能力达到

40 万吨/年，居全球前十位。

公司主要产品有阴极铜、硫酸、黄金、白银、铂、钯、硒、碲、铼、钼、硫酸铜、氧化砷、铜精矿、铅锌矿、锌精矿、硫精矿、铜线锭、铜杆、裸铜线等，其中："贵冶牌"电铜为伦敦金属交易所（LME）注册产品，"贵冶牌"硫酸为国优金奖产品。公司产品出口美国、日本、欧洲和东南亚，并与 30 多个国家和地区有技术、经济、贸易往来。

1997 年，江西铜业集团公司进行了股份制改造，组建了由江西铜业集团公司控股的中外合资企业——江西铜业股份有限公司，并于 1997 年 6 月 12 日在香港和伦敦成功地发行了 H 股，成为当时中国第一家在海外上市的矿业公司；2002 年 1 月 11 日，江西铜业 A 股股票又成功在上海证券交易所挂牌上市，至此，江西铜业拥有了境内外两种筹资渠道，真正实现了虚拟经济与实体经济的互动。

江铜集团多次获得国家级、省级荣誉称号。1995 年被评为"全国用户满意企业"，1993——2003 年连续十一年被评为江西省优秀企业，2000 年江西铜业集团公司党委被评为"全国优秀基层党组织"，2002 年荣获"全国五一劳动奖状"，同年底江西铜业集团公司党建质量管理体系通过 ISO9001：2000 认证，是全国的首创。所属厂矿分别获得"环境优美工厂"、"环境优美矿山"和"全国绿化先进单位"、"全国工业污染防治十佳单位"等。2001 年吴邦国副总理视察江铜时称赞江铜是"全国管理的最好企业（之一）"。

2001 年中国成功加入 WTO 后，江铜再次调整了发展战略，以虚拟经济与实体经济相结合、新经济与传统经济相结合，调整结构、提升规模，做大做强铜生产及加工、黄金白银生产及加工、硫化工和精细化工、稀散金属提取及加工等四大产业适应新形势的要求，实现持续、稳定、健康发展。随着 2003 年 15 万吨/年铜杆项目的建成投产和中美合资"江铜—耶兹铜箔股份公司"

6000吨/年高档铜箔工程的开工建设，标志着江铜集团现代化铜产品精深加工已初具规模。

## 行业复苏

冶炼铜作为基本金属的领头羊，随着全球经济复苏达到30年来的高峰，旺盛的铜需求激化供需矛盾，因此铜价上涨是主旋律。江西铜业（600362）是我国具有高知名度的铜和金，银等贵金属生产企业，也是我国第一个在境外上市的矿业公司。公司"贵冶"牌阴极铜是国内首家在伦敦金属交易所注册的A级产品，也是上海金属交易所一类产品并享受升水待遇，公司铜金属储量为1604.8万吨，如果加上集团拥有的铜矿，公司可直接控制的铜金属储量为1900万吨左右，同时拥有约占中国1/3的矿山铜产量，位居国内本行业第一，同时公司持有10％权益的环球国际江铜矿业有限公司与加拿大bcMetals Corporation开发加拿大红晶矿项目，享有75％权益．根据目前的勘探该矿确定加推定的矿石量为4.461亿吨。通过收购境外矿山，公司将有效规避资源不足的风险，丰富的铜矿资源供应将保障公司产能有效释放。由于我国并非主要的铜资源出产国，尽管公司的原料自供率约为40.5％，远远高于国内平均24％的铜精矿自给率，但仍有相当部分依赖进口。人民币升值将使公司进口矿石成本降低，有助于业绩提升。

国际机构分析认为由于全球近年缺乏大的铜矿项目的建设，以及占全球36％铜矿产量的智利近年产量增幅很小，而且频繁出现罢工危机，铜精矿产量增长的缺乏将使2006年以后铜精矿将从前两年的过剩开始转为供求缺口，全球铜行业的增长瓶颈将转至矿山生产价值链，而铜价格继续处于历史高位，从国际商品市场近期运行的格局来看，自铜价2006年5月创新高之后便高位震荡，除少数几天外，一直在7000～8000美元的区间内运行，由于分析人士认为，随着科技的进步，半导体产业飞速发展，铜需求旺盛，预计铜价高位震荡的格局将得到延续，同时，国际局势紧张和贵金属供需矛盾尖锐使得金、银等贵金属也将保持在高价区域运行。作为主要生产铜、金、银的企业，江西铜业业绩大幅增长。

矿产资源的不可再生性使得国际市场矿产资源的估值越来越高，公司计划投资22.83亿元用于矿山开发与勘探，并择机收购集团所属城门山铜矿、银山矿和东铜矿业。届时，公司拥有的铜、金、银资源将增长22％、81％和79％，规模达到1098.94万吨、398.769吨，9461.8吨。其中，金矿资源的规模甚至超过中金黄金。公司多项技术环保技改项目已建成投产或正在实施，其中利用贵冶闪速炉渣年产5000吨铜金属的渣选铜项目已于报告期末建成投产，德兴矿利用堆浸技术回收低品位矿石产铜1500吨，永平矿废水实现了闭路循环。另外，公司贵冶30万吨四期扩建工程，控股子公司四川康西铜业公司新增1万吨粗铜环保技改项目及上述有关资源开发项目正在加紧建设。与外商技术合作的德兴矿污水重金属离子污染整治工程，永平铜矿600吨/年的堆浸项目及贵冶的余热利用等循环经济工程项目将进入全面开工建设，这些符合国家产业政策。获得重点扶持的项目将陆续投产，生产规模的扩张将使公司分享行业较高的成长性。

江西铜业非公开发行获得通过，增发提升公司资源储量，保障自给矿量的增长。本次资产认购股份完成后，公司的铜资源储量将由795.8万吨增加到948.9万吨，金资源储量由212吨增加到274吨，增幅分别为19%和29%。在有色金属工业利润向上游集中的背景下，公司成功收购矿产资源，不仅有效保障了冶炼环节自给矿量的增加，也将提升公司的经营利润。金属价格的持续走强提升公司产品售价。2007年间，LME期铜均价为6757美元/吨，稍高于2006年均价6679美元/吨；2007间CMX期金均价为660美元/盎司，高于2006年均价605美元/盎司约9%。公司主要产品精炼铜和黄金的售价较2006年有所提升。

2007－2009年公司自产矿量呈现逐步增长。2007年公司自产精铜在2006年的基础上提升1万～2万吨，同时城门山铜矿增加约0.6万～0.8万吨。目前城门山铜矿还处于小规模开采阶段，预计至2008年底或2009年上半年铜矿产能扩充至1.5万吨/年（合金属量）。预期公司在2007－2009年的自产精铜量呈现1万～1.5万吨/年的增长趋势。由此公司主要金属产品量、价齐升的双重动力，有望推动公司利润的上升。

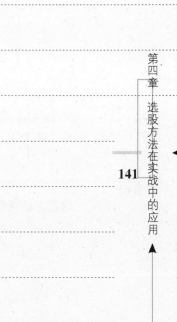

表4-9 江铜近几年业务增长情况

| 日期<br>项目 | 2007 | | 2006 | | | | 2005 |
|---|---|---|---|---|---|---|---|
| | 06-30 | 03-31 | 12-31 | 09-30 | 06-30 | 03-31 | 12-31 |
| 每股收益<br>（元） | 0.6886 | 0.2888 | 1.59 | 1.23 | 0.71 | 0.316 | 0.64 |
| 每股收益<br>增长率 | -3.0661 | -8.506 | 148.9676 | 164.5369 | 92.6105 | 80.6059 | 48.9862 |
| 经营净利<br>率（%） | 11.5231 | 10.5726 | 18.122 | 20.0646 | 19.7664 | 20.2465 | 13.8777 |
| 经营毛利<br>率（%） | 15.5124 | 14.2628 | 30.2116 | 35.1407 | 39.9179 | 31.7433 | 25.0498 |
| 资产利润<br>率（%） | 11.0713 | 5.4322 | 34.7098 | 28.3118 | 17.1303 | 8.0995 | 17.7511 |
| 资产净利<br>率（%） | 9.3265 | 4.4656 | 28.9129 | 23.3557 | 14.0198 | 6.7083 | 15.1037 |
| 净利润率<br>（%） | 11.5231 | 10.5726 | 18.122 | 20.0646 | 19.7664 | 20.2465 | 13.8777 |
| 主营业务<br>收入（元） | 17300566257 | 7908463186 | 25435058416 | 17719191253 | 10404650526 | 4513671267 | 13340692387 |
| 主营收入<br>增长率 | 66.2772 | 75.2113 | 90.6577 | 74.4296 | 50.6246 | 34.8222 | 25.5326 |
| 净利润增<br>长率（%） | -3.0661 | -8.506 | 148.9676 | 164.5369 | 109.3119 | 96.2664 | 61.9048 |

## 资源垄断性行业龙头

公司矿产资源储备位居全国第一，2006年末公司铜金属资源储备约782万吨、金204吨、银5140吨、钼25万吨。现有阴极铜产能超过40万吨/年，预计2007年末公司阴极铜产能将超过70万吨，为世界级的大型先进铜生产商；公司现有铜材加工能力37万吨，2006年公司铜材产量25.5万吨；公司还是中国最大的黄金、白银生产商之一，2006年生产黄金1313公斤、白银351吨。

# 江西铜业的股价表现

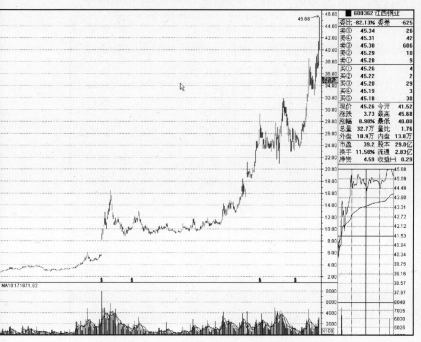

图4-10 江西铜业

江西铜业作为有色板块的行业龙头个股，具有资源垄断性，从2003年整个行业复苏，江西铜业象一头睡醒的雄狮，其业绩出现爆炸式增长，在大牛市背景下，股价更是连续暴涨，从2005年4元的低点开始启动，复权之后最高价达到96元，上涨近25倍，展示了行业复苏的独特魅力。

江西铜业的暴涨已告一段落，作为周期性行业复苏的领军人物，在这轮行情之中让我们感受到了其独特魅力，年有四季，月有圆缺，周期性行业是一个轮回，它的故事还会重复的上演，没有太多新鲜的东西，只是简单的周而复始，无数个江西铜业还将在我们市场中重复的出现。

## 中信证券

我们的证券市场所走过的路还很短，市场还有很多不规范的地方，如内幕交易、操纵股价是市场中的常态，所有的这些不规范导致股市波动非常大，让券商成了明显的周期性，1996年开始的大牛市让券商赚了个盆满钵满，2001年的大熊市又让券商遭受了一场浩劫，大部分的证券公司处在破产的边缘，影响一代投资者的南方证券也以倒闭收场，依靠大股东的雄厚实力，依靠完善科学的管理体制生存下来的中信证券后来者居上，以很多券商没办法生存时却逆流发展，进行了一系列的收购和兼并，一举进入行业前列，成为行业龙头之一。

造就了证券公司的2005年的大牛市造就了很多明星股，中信证券做为证券行业的代表当之无愧，也成了行业复苏的典型案例，两年左右的时间中信证券的股价暴涨近40倍，中信证券成为券商股中的龙头有其必然的内因。

行业周期是导致中信证券公司成为明星股的主要原因，当然导致中信证券成为明星股的内因并不简单的是行业复苏，最重要的是中信证券具备了飞跃的条件，中信证券的股价暴涨不是偶然和幸运，而是必然。证券市场的高速发展为证券公司提供了广阔的市场前景；完善科学的管理体制保证了中信证券在行业危机之中逆流而上，四轮驱动的业务模式更是得天独厚的优势，在行业复苏的情况下夺路狂奔在情理之中。

中信证券股价的暴涨再一次展次行业复苏的魅力，这是中信证券的第一次暴涨，但却不是最后一次，做为周期性行业，中信证券未来还会有同样的机会，错过这次机会的朋友，可以静等下次的轮回。

## 中信证券演变过程

中信证券股份有限公司的前身系中信证券有限责任公司，于1995年10月25日在北京成立。1999年10月27日，经中国证券监督管理委员会批准，同年12月29日经国家工商行政管理局变更注册，公司增资改制为中信证券股份有限公司。公司注册资本为29.815亿元。2002年12月13日，经中国证券监督管理委员会核准，公司向社会公开发行4亿股普通A股股票，并于2003年1月6日在上海证券交易所挂牌上市交易，成为中国证券市场上首家IPO发行上市的证券公司，股票代码600030。2005年8月15日，公司成功实施股权分置改革。2006年6月27日，公司向中国人寿保险（集团）公司和中国人寿保险股份有限公司定向增发5亿股普通A股股票，公司股本扩大至29.815亿股。截止2006年6月末，中信证券总资产484.38亿元，净资产105.71亿元人民币，净资本88.53亿元，是国内资本规模最大的证券公司。公司第一大股东是中国中信集团公司。公司在中信控股公司指导下，与中信银行、中信信托投资有限责任公司、信诚人寿保险公司等公司共同组成综合金融服务平台，并与中信国际金融控股有限公司共同为客户提供境内外全面金融服务。作为本土最大的证券公司，公司深深根植于中国本土市场，深刻理解国家宏观经济及行业发展趋势以及中国公司向市场化转变的特殊文化背景。在金融、电力、交通运输、石油天然气、石化、钢铁等重要领域，公司与长江电力、武钢股份、中国石化、中国银行、中国国航、中国工商银行等中国最优秀的企业建立了包括股票、债券发行与承销、企业并购等综合金融服务的业务关系，协助客户实现其战略发展的目标。从长江电力 IPO，到武钢股份增发，到中国银行 A 股 IPO，公司作为主承销商，金融产品的设计能力和项目执行能力不断提高。而在企业债券承销方面，公司作为国内企业债券发行市场的主力军，2005 年主承销企业债券 5 支，筹资总额 215 亿元，市场份额达到 32.87%，市场份额继续排名第一。公司 2005 年设立了中信证券（香港）有限公司，收购了中信集团在香港的投资银行业务，建立了跨境资本市场通道，可以为客户提供更为丰富的跨境资本市场金融产品服务，满足国内企业发展战略的需要。近年来，公司根据自身战略规划适时进行了一系列收购和扩张。继 2004 年收购万通证券之后，公司与中国建银投资公司一起，发起设立中信建投证券有限责任公司，全面收购原华夏证券的证券类资产；其后，公司收购了金通证券股份有限公司。经过一系列的扩张收购，公司目前下属中信建投证券有限责任公司，中信万通证券有限责任公司、中信金通证券有限责任公司、中信证券（香港）有限公司、中信基金管理有限责任公司、中信标普指数信息服务（北京）有限公司等 7 家控股子公司。包括所属子公司在内，中信证券合计在内地拥有 165 家证券营业部和 61 家证券服务部，弥补了公司长期以来匮乏的零售网络资源，经纪业务市场份额和产品销售能力大幅度提高，股票基金交易市场份额排名已名列第一。作为国内首批创新类试点券商，公司顺应国际投行卖方业务向投行上游延伸和买方业务在其总收入结构中比重越来越大的趋势，确定了"买方与卖方业务协同发展"的战略方向，在继续强化公司资产管理业务优势的同时，2006年公司着手收购了华夏基金管理公司，新设若干条与买方业务相关的业务线，加强打造基金管理、资产管理、集合理财、产业投资基金、私募股权基金、风险管理、衍生产品、金融期货、商人银行等业务，力争突破买方业务的瓶颈，实现公司盈利的均衡增长，从而将融资业务的优势及销售网络的优势与资金运用管理优势相结合。公司坚持规范、稳健的经营理念，深刻理解金融企业的风险属性，始终坚持"正视风险，分析和控制风险，对风险做到可测、可查、可控和可承受"；建立 MD 体制管理体系，以人为本，培养和吸引了大量优秀人才；积极开展业务创新，为客户提供一流的服务；努力改善公司收入结构，增强竞争实力，为股东创造更大的价值。公司成立 11 年来连续盈利，截至 2006 年 6 月末累计实现税前利润 65.07 亿元，盈利能力居市场前列。2005 年，公司被《新财富》杂志社评选为"本土最佳证券公司"第一名。2003 年、2004 年、2005 年连续三年被《亚洲货币》杂志评为"中国最佳债权融资行"，此外，公司荣膺《亚洲货币》杂志 2004 年"中国最佳股权融资行"。

**四轮驱动——中国未来的金融龙头**

我们从中信证券的发展历程中可以看出中信证券依托中信集团的优势，金融板块的股票、基金、期货、银行四轮共同构成了中信集团的四轮，四轮中中信证券已拥有三轮，同为中信系的中信银行已上市，一每同胞的四轮共同打造了一个共同的平台，四轮之间在未来的发展之中肯定会产生协同效应，这是其它证券公司不具备的优势。

另外，公司依托中信期货、中信建投期货和金牛期货成功介入股指期货行业，在股票、基金、期货三驾马车支持下，中信证券为投资者打造了完整的专家理财系统。

目前中信、国泰君安、招商等在内的几家大券商已经初步建立起自身的核心竞争力，随着我国证券市场的持续快速发展，我国证券业也已进入快速成长时期，而行业强者恒强的发展趋势也使得行业领先的公司具备更大的发展潜力。中信证券已确立的全面领先地位将随着中信证券的资本、网络、业务和人才等竞争要素的提升而进一步巩固和拉大。同时公司还完成了对中国人寿的定向增发，有效补充净资本，这对于公司后续的业务扩张构成强有力的支持。

公司是证券行业当之无愧的龙头企业，完成产业布局后公司长期发展前景依然看好。随着我国证券市场的持续快速发展，我国证券业也已进入快速成长时期，而行业强者恒强的发展趋势也使得行业领先的公司具备更大的发展潜力。2006 年公司在若干业务领域保持或取得领先地位。公司及控股子公司股票基金代理交易额居全市场第一位，全年新增代销基金 43 只，基金销售总量 35 亿元，占当年新发行基金总量的 0.91%。实现手续费收入 27.97 亿元，与 05 年同期相比增长 772.74%。A 股公开发行主承销项目募集资金总额占 21% 的市场份额，列第二位。债券融资总额占 27% 的市场份额，继续保持全市场第一。截至 2006 年 12 月 31 日，公司拥有营业部数量 165 家，服务部 60 家。据测算，通过一系列收购，公司经纪业务的市场份额已由原先的 3.02% 提升到 6.73%。

券商的持续发展和未来创新业务的不断开拓都将使证券行业的景气度继续提升。目前公司是证券行业当之无愧的龙头企业，完成产业布局后公司长期发展前景依然看好。

公司的各项业务都在行业中排名靠前。公司 2006 年主承销项目募集资金总额占 21% 的市场份额，列第二位；债券承销占 27% 的市场份额，继续保持全市场第一；衍生产品交易方面，权证创设总量达到 3.98 亿份，占比 16%，市场份额排名第一位。

2006 年在经纪业务代理交易，债券承销业务，衍生产品交易和自营证券差价收入各项业务，公司都位列行业前列，确立和巩固了行业龙头地位。经过大规模的增资和并购，公司在资金实力、营销网络、创新能力和人力资本等方面的核心竞争力全面提升，在盈利规模、业务实力和资本规模等方面均已居于行业领先地位。

第四章 选股方法在实战中的应用

表 4－10　中信证券近几年业务增长情况

| 项目 ＼ 日期 | 2007 | | 2006 | | | | 2005 |
|---|---|---|---|---|---|---|---|
| | 06－30 | 03－31 | 12－31 | 09－30 | 06－30 | 03－31 | 12－31 |
| 每股收益（元） | 1.41 | 0.4207 | 0.8 | 0.317 | 0.21 | 0.038 | 0.16 |
| 每股收益增长率 | 570.5513 | 1007.4499 | 393.3026 | 459.9554 | 688.7719 | 1039.8111 | 141.4467 |
| 经营净利率（%） | 39.5543 | － | 40.6569 | 31.1575 | 34.4737 | 21.4717 | 43.5627 |
| 经营毛利率（%） | 95.001 | － | 47.1224 | － | － | － | 43.6596 |
| 资产利润率（%） | 6.0619 | 2.1084 | 7.7426 | 3.7033 | 2.5043 | 0.5697 | 2.2637 |
| 资产净利率（%） | 3.6853 | 1.4921 | 5.6488 | 2.7002 | 1.8255 | 0.4418 | 2.3862 |
| 净利润率（%） | 39.5543 | － | 40.6569 | 31.1575 | 34.4737 | 21.4717 | 43.5627 |
| 主营业务收入（元） | 17300566257 | 7908463186 | 25435058416 | 17719191253 | 10404650526 | 4513671267 | 13340692387 |
| 净利润增长率（%） | 570.5513 | 1230.5911 | 492.6986 | 572.7814 | 847.7023 | 1039.8111 | 141.4467 |

## 广阔的市场前景

2006 年，由于市场行情全面回暖，证券行业盈利出现了爆发式增长，亏损面降低到 4％左右，券商的盈利能力正得到全面改善。未来 3－5 年，GDP 持续增长、资本化比率提高、成交继续活跃、H 股和红筹股回流等因素将继续推动传统业务持续增长。而资本市场管制放松、创新产品不断推出、多层次资本市场体系建立都将使创新类券商的盈利模式发生渐进的变化。新业务的不断推出，包括公司债等的不断推出将继续扩展券商的业务范围，从长期来看，中国的证券业将处于长期发展的境地。金融改革背景下的业务创新将继续给证券行业带来新的盈利增长点，公司债、企业并购、大盘蓝筹股的海归、股指期货、企业并购等都非常有利证券业发展，而且中国资本市场长期牛市格局也将有益券商发展。

国家政策的干预，包括调高印花税等政策有继续出台的可能。随着外资投行进入中国市场步伐的加快，合资投行牌照审批重新开闸以及业务范围的进一步放宽，国内券商所面临的竞争环境将更为严峻。

## 中信证券的股价表现

图 4-11 中信证券

2005 年的大牛市造就了很多明星股，中信证券做为证券行业的代表当之无愧，也成了行业复苏的典型案例，两年左右的时间中信证券的股价暴涨近 40 倍，中信证券成为券商股中的龙头有其必然的内因。行业周期是导致中信证券公司成为明星股的主要原因，当然导致中信证券成为明星股的内因并不简单的是行业复苏，最重要的是中信证券具备了飞跃的条件，中信证券的股价暴涨不是偶然和幸运，而是必然。证券市场的高速发展为证券公司提供了广阔的市场前景；完善科学的管理体制保证了中信证券在行业危机之中逆流而上，四轮驱动的业务模式更是得天独厚的优势，在行业复苏的情况下夺路狂奔在情理之中。中信证券股价的暴涨再一次展次行业复苏的魅力，这是中信证券的第一次暴涨，但却不是最后一次，做为周期性行业，中信证券未来还会有同样的机会，错过这次机会的朋友，可以静等下次的轮回。

## 第八节　重组

### 浪沙

在大牛市的背景下，一夜暴富的神话一幕幕的上演着，停牌近一年的 ST 仁和复牌首日狂飙 917%，紧随其后的 *ST 长控、*ST 一投日前在复牌首日也分别大涨 849%、326%，一洗旧日"闭关"之苦。其中 ST 长控也就是我们所说的主角 ST 浪沙的前身，其在盘中更创下 85 元天价，最大涨幅高达 12 倍，创造了中国证券市场的神话，让无数投资狂喜不已，但之后连续13 个跌停同样让无数投资者难以入眠。暴涨和暴跌也反映了重组股并不完全是财富的天堂，也有可能是可怕的地狱，风险和机遇并存是重组股的特点。

浪沙带给投资者了什么？

浪沙的暴涨让一些投资者喜出望外。一类是先知先觉的投资者，当然这些投资者有着通天的本领，不是所谓的技术分析能分析出来的，这些投资者提前布局获得了暴利；二是一些幸运儿，不管是蒙的，还是自称技术分析预测的（我自认为我的技术分析分析不出浪沙的暴涨），让一些投资者产生了幻觉，认为这些财富可以从天而降，有了博彩的心态，做梦都会想自已的股票会象浪沙一样表现，让很多投资者忘记了价值投资的根本。

浪沙同样成了一些投资者的伤心地。看着那高高在上的股价，85 元不知何时再能回去？这一切幕后的黑手又是何人？我们的管理层天天说要如何严查内幕交易，但浪沙却不了了之，我相信傻子都能看出来幕后有一个无形的黑手。

浪沙给很多人带来很坏的影响，首先就是幻觉，其次将很多投资者套牢。对于浪沙这样的重组股，很难通过技术面去分析出来，浪沙只是一个反面教材，可以让我们深刻体会到重组股的风险所在。

# 袜王传奇

　　在中国提起袜子可能没有人不知道"浪莎"，那句广告词也成为了脍炙人口、人们经常品味的佳句，随着浪莎公司的逐步壮大和中国驰名商标的获得，浪莎针织有限公司董事长翁荣金，也走进人们关注的视野，向世人展示一个中国民营企业，一个义乌万千企业的代表如何诠释义乌经验一段创业史：翁荣金从卖袜子到袜业大王的转变。浪莎公司始建于1995年7月，1996年投入生产，如果要追溯浪莎的创业史就不能不说，浪莎公司的董事长的经商历程1995年之前，当时的翁荣金在做广东一家袜厂在义乌的代理商，到1995年已经是义乌小商品批发市场最大的袜子行业的商户，客户网络已经遍布全国各地，后来的浪莎的迅速崛起，很大程度上得宜于浪莎的销售网略的前期建设，完成了原始资金积累后，凭借商人的敏锐洞察力，翁荣金意识到，国际制造业向中国转移的趋势，袜子制造销售向义乌转移并依托小商品城产业群，形成优势竞争力的时机，进口世界一流的设备，迅速投入筹建工作。在筹建的开始，公司的定位就是高起点、高投入的。并把一流的设备、一流的人才、一流的企业做为公司的理念并初步定下了走品牌建设的道路，同年，浪莎就在中央电视台投入了"不只是吸引"的广告，一匹黑马从众多的同行中脱颖而出，浪莎从一开始就表现出了非同一般的气度，显示了要做行业老大的决心，在1996年的年底，浪莎的主厂房上面赫然打出了"中国袜业大王"的招牌，翁荣金和所有的浪莎初期的创业者员工每天上班就会对着这个招牌，一方面以次来激励自己和他人，一方面表达势在必得的决心当时，在块仅仅10余亩的土地上，充斥的都是激情。

　　2000年，这块"中国袜业大王的"招牌，真正地变成了现实。各项调查数据显示，浪莎的产品，在品牌的知名度、市场占有率、生产规模等方面稳居国内同行第一，中国袜业大王的目标已经实现，浪莎人用4年的时间创造了，行业的第一个奇迹。同年，浪莎的总部也搬迁进入占地200余亩的花园式厂区，在这里，翁荣金又将带领他的"金牌团队"冲刺另一个更高的目标——做世界袜王，争创造中国驰名商标。

2002 年的 2 月 8 号，浪莎公司的"浪莎"商标通过了国家工商总局的认定，被认定为"中国驰名商标"。

这是中国 258 只驰名商标中最年轻的一个驰名商标，浪莎人用自己全部的智慧和激情，用 50000 个小时，塑造了一个年轻的驰名商标，并填补了金华地区无驰名商标的空白。浪莎人的付出得到了丰厚的回报，各种荣誉蜂拥而来。但浪莎人又已经扬帆起舵，开始了新的旅程——投资兴建浪莎工业园区，走多元化发展之路。占地 1000 亩的浪莎三期工业园，集医药、投资、内衣、袜子、化妆品等产业为一体，将在 2004 年 5 月开始投入生产，浪莎又开始踏上了"做大、做强、做世界一流企业"的理想之路，展现在世人眼前的又一个商业奇迹又在浪莎这个舞台上拉开了帷幕。

浪莎公司是一个企业，企业经营靠的是市场。政府会给予市场吗？不会，它只会给企业提供一平台，而这个平台对于任何企业都是平等的。

浪莎集团公司是一家主要从事纺织品生产、销售的公司，旗下设有浪莎针织有限公司、浪莎纤维、浪莎服饰、浪莎日化、浪莎房地产、上海浪莎公司、香港浪莎公司、美国浪莎、迪拜浪莎公司、俄罗斯浪莎公司。是行业的第一大品牌厂家，在业界素有"唯一性"、"四个最"和"十个第一"。

## 重组 ST 长控创造股市暴富神话

*ST 长控经浪莎控股重组后，由造纸业进入针织内衣行业，而浪莎又是行业龙头，加之成功进行了债务重组，一季度利润高达 4.72 元/股。故该股 4 月 16 日恢复交易首日遭遇疯狂炒作，在 14.36 元价格开盘后不久就被迅速拉升，最高达惊人的 85 元，终以 68.16 元高价报收，成交 1322 万股，换手超过 60%，让市场人士大跌眼镜，并引起监管部门的重视。在经过数日停牌之后，该股开始连续无量跌停，从 4 月 16 日 68.16 元的收盘价到昨日最低的 34.98 元，市值损失近半，由于交易量极为稀少，4 月 16 日高价接盘者均无任何出逃机会。牛市中恶炒的风险，在该股身上得到充分体现。为此，监管部门曾怀疑有利益输送黑手和涉嫌操纵股价而对此进行调查。

S＊ST长控（600137。SH）日前发布公告称，公司重大资产收购暨定向发行股份方案获得证监会"有条件通过"，将向上海证券交易所等部门申请办理股权过户及定向增发、股权分置改革实施等手续。公告中未提及何为"有条件通过"。

1998年4月上市的S＊ST长控，原名四川长江包装纸业股份有限公司，上市2年零10天便被ST，多年来一直在寻求重组方。浪莎和S＊ST长控能够一拍即合，主要有两个原因。一是S＊ST长控的所在地——四川省宜宾市进入浪莎集团投资西部的视野；二是宜宾的纺织企业——丝丽雅集团——是浪莎的上游企业，如果浪莎到来，则可以为宜宾打造纺织业完整产业链。基于这个因素，宜宾市政府对浪莎格外中意。两个情投意合的恋人走到了一起。

## 重组内幕

经过瑞盈投资的安排，2006年4月18日，浪莎踏上了收购S＊ST长控的四川之旅。莎集团董事局主席翁荣金、投资部经理何健，连同瑞盈投资的两位顾问，于2006年4月18日到四川宜宾市考察，宜宾市政府高层出面接待。宜宾方面表态说，S＊ST长控的重组有几个条件：一是国资委持有的57.11％股权转让底价为7000万元；二是一次性付款；三是浪莎集团还要通过市里的考察。2006年4月26日，宜宾市副市长马平去浪莎集团考察，这位主管招商的副市长接受采访时说，"丝丽雅集团是宜宾历届政府扶持的企业，宜宾有纺织业基础，浪莎集团最符合我们的要求。"马平去完义乌之后，瑞盈投资代表重组方写了《投资建议书》并提交给宜宾市政府，该建议书主要包括三方面内容：一是以"净壳"方式收购上市公司股权，并通过注入优质袜业资产的方式支付股改对价；二是在宜宾当地建立袜业生产基地；三是参与房地产开发，建设一个小商品城。这份建议书曾交给翁荣金过目，"他没改动几个字，只是把总投资10亿元改成25亿元，解决就业人数增加到2000人。"瑞盈投资副总裁苏建平说。

2006年5月2日，宜宾市委、市政府就这个投资计划开会讨论，在商讨了浪莎方面的投资建议后，吴光镭等三个正、副市长带领一个15人的官员考察团再赴浪莎考察。此次行程之后，宜宾市政府在2006年5月15日出具了一份复函（宜府函［2006］82号）宜宾市政府在复函中承诺：浪莎集团以7000万元收购"长江控股"的壳，后者的资产、负债、对外担保、人员为零。另外，浪莎集团投资宜宾的袜业生产基地项目，扣除各种优惠政策后，一年之内到位资金达到3亿元人民币以上，即以额外优惠政策的方式予以一次性弥补或扣减2000万元人民币。实际上，浪莎集团只要拿出5000万元现金，就可以完成收购。苏建平说，瑞盈投资的建议和方案最终被浪莎采纳并付诸实施。宜宾市政府在复函中说，"鉴于ST长控股改迫在眉睫，热忱邀请浪莎集团董事局主席翁荣金先生于5月17日来宜，就战略合作事宜作全面深入的磋商。"瑞盈投资及翁荣金因此二次赴宜，当地政府的主要官员以及国土、城建各个部门的局长一一在列，在针对重组细节讨价还价之后确定了意向，双方在2006年5月25日的西博会上签订了意向协议书。重组长控基本定下。

表4-11　浪莎的最近几年业务表现

| 日期<br>项目 | 2007 | | 2006 | | | | 2005 |
|---|---|---|---|---|---|---|---|
| | 06—30 | 03—31 | 12—31 | 09—30 | 06—30 | 03—31 | 12—31 |
| 每股收益（元） | 4.7523 | 4.7262 | 0.141 | -0.12 | -0.15 | -0.071 | -0.798 |
| 每股收益增长率 | 3371.3614 | 6721.9544 | 117.7178 | 46.0009 | 5.8889 | -0.9851 | -54.2386 |
| 经营净利率(%) | 711.0141 | 6301.286 | 62.6603 | -66.9686 | -118.5346 | -136.7994 | -291.2029 |
| 经营毛利率(%) | 25.5928 | -4.6269 | 38.98 | 38.3598 | 37.2598 | 39.8234 | 40.721 |
| 资产利润率(%) | 275.5611 | 482.347 | 3.2418 | -9.1479 | -10.0036 | -5.2287 | -52.9132 |
| 资产净利率(%) | 273.8339 | 482.3393 | 8.0328 | -7.0108 | -8.2618 | -4.0156 | -34.2516 |
| 净利润率（%） | 711.0141 | 6301.286 | 62.6603 | -66.9686 | -118.5346 | -136.7994 | -291.2029 |
| 主营业务收入(元) | 47333672 | 4553606 | 13698580 | 10993689 | 7440515 | 3167483 | 16636524 |
| 主营收入增长率 | 536.1613 | 43.761 | -17.6596 | 11.9559 | 24.1051 | 18.2941 | -65.3672 |
| 净利润增长率(%) | 3915.9283 | 6721.9544 | 117.7178 | 46.0009 | 5.8889 | -0.9851 | -54.2386 |

## ST 浪莎的股价表现

图 4－12　ST 浪莎

　　看着 ST 浪莎复牌之的的长阳线有无限的感慨，这根当天上涨 5 倍多的长阳线在中国股市绝无仅有，它超过了当年中工国际的恶炒，它让我想到齐天大圣孙悟空的如意金箍棒，这根如意金箍棒让一些人实现了一夜暴富梦想，同时也造就了无数个冤魂，后面连续的 13 个跌停也让无数投资者夜不能寐。暴涨和暴跌是重组股的最真实写照，提示我们在追逐利润的同时千万别忽视风险的存在。

## 海通证券

　　以海通证券为例来讲重组最合适不过，海通证券的前身都市股份就带着妖气，一直是重组题材的重头戏。不知600837 是修炼了多少年的妖怪，从哪里来的神通，演绎了一个又一个神话。

　　1994 挂牌上市的农商社由于经营不善，沦落为一家 PT 农商社，从些这家公司就开始了制造重组神话之路。PT 农商社为了保住上市地位，经过重组之后，在 2001 年大熊市中摇身一变成了都市股份，股价随之暴涨，现在投资者多被 ST 金泰的 38 个涨停板折服，素不知 600837 的妖气有过之而无不及，在 2001 年大熊市的背景下，市场四面楚歌，一片哀鸣，但都市股价却一路高歌猛进，涨幅高达 800％，成为当时明星股。2006 年底，都市股价再次重组，由卖菜的农业股再次摇身一变成了金融股，又是以连续暴涨成为明星股。本轮的海通证券的表现相比其前世有点相形见绌，但也是妖气十足，不管那来的妖气，海通证券和很多上市公司的重组不同，它不是为了不可告人的目的编造美丽动听的故事来欺骗投资者，海通证券的重组让上市公司的基本面出现了实质的变化，实实在在给我们投资者带来了财富，总算修来了正果，从某种意义来讲，用妖气来形容 600837 的前世今生有点不恰当，它带着很多的"仙气"。

　　券商股是本轮牛市的明星板块，海通证券同样也受到市场的追捧，重组公告之后股价连续以涨停方式上涨，海通证券股价经过短期蓄势之后再度启动，形成几轮上攻行情。海通证券的重组是真正意义上的重组，实现资源的优化配置，给投资者带来的财富。这样的重组我们希望越来越多。

## 海通证券的前世今生

### 海通证券前世

　　都市股份（600837）原名上海市农垦农工商综合商社，2001 年重组并更名，2002 年 4 月恢复上市。利润主要来自于投资收益，主要投资为参股农工商超市股份的 33.3％和农工商房地产股份的 20％。在大股东的支持下，都市股份进行了两次资产重组。第一次重组，2001 年置入了集团公司的部分农业资产及上海农工商商业集团总公司 90％的股权，上海农工商商业集团总公司持有上海农工商超市 37％的股份。由此可见，都市股价（600837）作为本次重组最重要成员之一的上海农工商商业集团总公司旗下的农工商超市（集团）有限公司的间接控股方，作为农工商超市（集团）有限公司旗下农工商超市股份 33.3％的股权投资者，其必然将成为该次重组整合中最大受益者之一。公司控股股东根据上海市国资国企改革总体部署，通过重组，原上海农工商（集团）有限公司已增资并更名为光明食品（集团）有限公司。重组后将主要围绕都市农业和商业进行发展。都市农业方面，以上海星辉蔬菜有限公司为主体，该公司生产、加工的蔬菜主要出口日本，其蔬菜出口在上海全市蔬菜出口总量中具有相当的比重，是上海最大的蔬菜出口基地。

公司和世界最大的种苗企业美国维生公司合资，生产蔬菜、瓜果的种苗。目前拥有 5 万亩蔬菜生产基地及具有高科技含量的现代化日光温室、蔬菜加工厂、有机肥料厂、蔬菜脆片厂等农业生产和加工基地。此外，公司还先后在黑龙江、辽宁等地开辟了一批蔬菜种植示范基地和外延基地。年出口蔬菜占上海市出口蔬菜总量的 40% 左右，是上海最大的蔬菜出口创汇企业。

### 海通证券今世

2006 年 12 月 30 日，都市股份发布公告，通过《关于公司向光明食品有限公司出售全部资产及负债的议案》和《公司以新增股份换股合并海通证券股份有限公司的议案》两公告一出，在证券市场引起轰动！这是继延边公路之后第二个券商借壳上市行为，公司停牌，

2007 年 1 月 4 日都市股份复牌，股价一路狂升，成为2007 年的明星股，涨幅高达 800%，都市股份（600837）6 月 8 号发布公告：公司重大资产出售暨吸收合并海通证券的申请已经证监会核准，证监会同意公司向光明食品集团有限公司出售全部资产负债，同时吸收合并海通，之后公司名称变更为"海通证券股份有限公司"，并依法承继原海通证券的各项证券业务资格，原海通证券依法注销。经过吸收合并，新海通的股份总数将增加至 33.89 亿股。此外，还拟定向发行不超过 10 亿股股份，引入战略投资者。至此，海通证券正式成为上市公司的一员。

海通证券股份有限公司（简称"公司"）的前身是上海海通证券公司，成立于 1988 年，是我国最早成立的证券公司之一。1994 年改制为有限责任公司，并发展成全国性的证券公司。2001 年底，公司整体改制为股份有限公

司。2002 年，经中国证监会批准，公司注册资本金增至 87.34 亿元，成为目前国内证券行业中资本规模最大的综合性证券公司，并致力于走国际化的金融控股集团的发展道路，公司已收购黄海期货公司并更名为海富期货经纪有限公司。2005 年 5 月，经中国证券业协会评审通过，成为创新试点券商，公司发展进入新时期，各项业务继续保持市场前列。2006 年，随着股权分置改革和券商综合治理的完成，资本市场进入实质转折期。在这一年里，公司抓住机遇，深化改革，加快发展，使公司在业务、管理、风控、制度和流程建设等方面都上了一个新台阶，启动了上市进程并获得了实质性进展，实现了三年规划的良好开局。2007 年 6 月 7 日，公司借壳都市股份（600837）上市事宜获得中国证监会正式批准。

在多年的发展中，公司始终遵循"务实、开拓、稳健、卓越"的经营理念和"规范管理、积极开拓、稳健经营、提高效益"的经营方针，坚持"稳健乃至保守"的经营品牌，追求"管理一流、人才一流、服务一流、效益一流"的经营管理目标，近年来取得了显著的经济效益和社会效益。公司在全国 48 个城市设有 92 家营业部，业务经营涉及证券承销、代理、自营、投资咨询、投资基金、资产委托管理等众多领域，拥有 200 万客户。2003 年，公司被著名的《亚洲金融》杂志评为"中国最佳经纪行"。2005年，公司经纪业务实现低成本扩张，托管了甘肃证券和兴安证券。托管营业部翻牌后，公司拥有的营业部家数将达到 124 家，57 家证券服务部。2006 年，公司在由财经媒体《21 世纪经济报道》发起的"21 世纪中国资本市场投资年会"上，获得了"2006 年券商综合实力大奖"、"2006 年最佳经纪团队"、"2006 年最佳宏观策略研究团队"三项殊荣。

公司的投资银行业务在近 10 年的不断探索过程中打造出了具有海通特色的知名行业品牌，尤其在银行类企业和高科技企业的发行承销发面享有盛誉。公司先后承揽了浦东发展银行、民生银行、深发展等金融企业的融资项目，同时，亿阳信通、用友软件、上海贝岭的成功发行也为公司在高科技领域的承销业绩写下了浓重的一笔。截至 2006 年 12 月 31 日，公司作为主承销商已经为 134 家企业提供了融资服务，共募集资金 547 亿元，其中 IPO 项目 88 家，募集资金 393 亿，配股 38 家，募集资金 112 亿，增发 8 家，募集资金 42 亿，副主承销 49 家，募集资金 494 亿。2006 年，公司的股权分置改革业务市场排名第一，共计完成股权分置改革项目 132 家，市场占有率将近达到 10%，在业内遥遥领先。良好的服务质量、精湛的技术水平、孜孜以求的创新精神，使海通证券公司的投资银行业务得到了客户的广泛认可。2006 年 4 月，公司投资银行部荣获"2005 年度投行最佳团队"、"2005 年最佳股改团队"。2007 年 1 月，公司被著名财经网站和讯网评选为"2006 年度中国最佳投行金牌团队"。

2002 年 10 月，经国家人事部批准，公司成为上海地区第一家被批准设立博士后科研工作站的综合性证券公司，在深圳证券交易所会员及基金管理公司研究成果评选中，连续七年排名第一。目前，公司拥有一批博士、硕士以及具有丰富实践经验的经营管理和研究人才，公司已与青海省西宁市、陕西省宝鸡市、安徽省黄山市、宁夏银川市、贵州省贵阳市等省市建立了长期战略合作关系并担任独立财务顾问，为战略客户的发展提供专业化的金融服务。

公司近年来积极加强与境外著名金融机构建立战略合作伙伴关系，不断扩展公司的海外业务网络，先后发起设立了富国基金管理有限公司、海富通基金管理有限公司。海富通基金管理有限公司由海通证券控股，持有 51％的股权，2005 年和 2006 年，海富通基金管理有限公司连续两年获得国际三大评级机构之一惠誉（Fitch Ratings）"AM2（中国）"的资产管理人优秀评级，是目前国内唯一经过国际评级的资产管理公司。截至 2006 年 12 月 31 日，海富通管理基金资产总额达到 150 亿元人民币。目前，公司 QFII 业务托管额度超过 10 亿美元，名列业内前三甲，服务于日兴资产、渣打银行、美林证券、富通银行、德累斯顿、荷兰银行等六家客户。2004 年年底，海通证券控股 67％股权的海富产业投资基金管理有限公司正式运作。海富产业投资基金管理有限公司是我国第一家产业投资基金管理公司，现受托管理中国—比利时直接股权投资基金（简称"中比基金"），中比基金是经中国国务院批准设立、中比两国政府及商业机构共同注资的产业投资基金，规模达 10 亿元人民币。

海通证券经过十多年的发展，在经营过程中积累了丰富的证券经营管理经验，在内控机制方面，公司建立健全了较为完善的风险管理组织体系。创业十余年，公司始终秉承"稳健乃至保守"的宗旨，以风险控制为前提，以不断完善的法人治理机构和先进的风险管理技术为手段，保障公司长期健康、稳定持续发展。近年来，公司不断强化风险管理，健全了与《客户资金独立存管方案》相配套的规章制度和业务操作流程，强化了对自营和资产管理业务的动态监控和风险预警，实现对自营及资产管理业务风险的数量化度量。同时，公司的风险控制部门及时跟踪、制定各项创新金融产品的操作流程，不断完善对衍生金融产品的风险控制。在长期的证券市场运作中，公司已经建立了一套科学、规范、严密的经营管理体系和风险监控体系，形成了稳健开拓的经营风格，创立了独特的公司品牌。

表4-12　海通证券近几年的业务表现

| 日期\项目 | 2007 | | 2006 | | | | 2005 |
|---|---|---|---|---|---|---|---|
| | 06—30 | 03—31 | 12—31 | 09—30 | 06—30 | 03—31 | 12—31 |
| 每股收益(元) | 0.6021 | 0.0123 | 0.4526 | 0.2634 | 0.1554 | 0.0739 | 0.5012 |
| 每股收益增长率 | 287.3818 | -83.404 | -9.6976 | -29.5297 | -28.9554 | -9.1923 | -24.4173 |
| 经营净利率(%) | 42.9355 | 4.248 | 41.4425 | 31.2448 | 27.3136 | 19.5639 | 51.9089 |
| 经营毛利率(%) | 95.0936 | 0.4009 | 14.4829 | 10.7162 | 12.8549 | 12.2666 | 17.9106 |
| 经营净利率(%) | 42.9355 | 4.248 | 41.4425 | 31.2448 | 27.3136 | 2.5209 | 18.7742 |
| 经营毛利率(%) | 95.0936 | 0.4009 | 14.4829 | 10.7162 | 12.8549 | 2.1401 | 16.3258 |
| 经营净利率(%) | 42.9355 | 4.248 | 41.4425 | 31.2448 | 27.3136 | 19.5639 | 51.9089 |
| 主营业务收入(元) | 4753259677 | 103447608 | 391283752 | 302085729 | 203890935 | 104113210 | 266104906 |
| 主营收入增长率 | 2231.2756 | -0.6393 | 47.0412 | 69.7562 | 70.4488 | 111.472 | 55.894 |
| 净利润增长率(%) | 3564.6439 | -78.4252 | 17.3931 | -8.3886 | -7.642 | -0.1115 | -16.8591 |

2007年，中国证券市场步入全新发展阶段，创新和发展成为行业的主题。随着公司上市和增资扩股的顺利完成，公司的治理结构、品牌和资本

实力将大幅提高，为公司抓住行业创新和发展机遇，实现三年规划创造了良好条件。公司将继续抓住机遇，加快转型，以市场化、国际化和专业化为导向，打造核心竞争力；加大改革力度，按照现代金融企业制度、现代投资银行的要求，改革薪酬考核制度、劳动人事制度，整合组织架构，再造业务流程，理顺经营机制。公司将紧跟市场的创新步伐，以创新为突破口，推动业务转型，开创新的利润增长点和赢利模式。公司将继续坚持"改制上市、集团化、国际化"三步走战略，加快集团化和国际化经营步伐，为把公司建设成为国内一流的、在国际上有影响力的券商而努力奋斗。

**海通证券的股价表现**

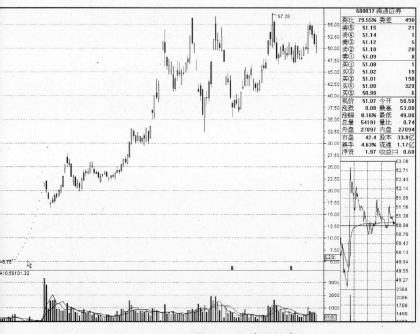

图 4-13　海通证券

　　海通证券吸引合并重组都市股份的消息公布之后，2007 年 1 月 4 日复牌，股价以边续涨停方式暴涨，连攻 15 个涨停板，股价从 5 元多一路攻到 22 元多。涨幅四倍，从一个卖菜的农业股变成了明星股。经过短期的蓄势整理之后，借助大牛市的春风，股价又展开了几轮上攻，最高见

68元。海通证券的第一轮上涨是重组带动的，从第二轮开始的上涨则是海通证券做为一家券商股在牛市被市场的重新估值的一种体现。

## 第九节　题材

### 中体产业

在探讨题材性股之前，我们再一次的更正一个错误的思维，相当多的投资者把题材股和重组相提并论，虽然两者在股价表现上有相似之处，但本质却有质的不同，重组是优化资源配置为中心，题材则是外界诱因导致的上市公司股价可能发生的内在变化。两者的共同点多是以想象为主来预测未来公司股价。题材的典型案例如：奥运题材、网络题材、纳米题材和环保题材等；重组的典型案例如：海通证券的重组，浪莎的重组等。题材福射的是一个板块，重组则指单一或少数特定个股。两者的概念不一样，对这些个股的操作手法也不同。

近十年以来，对中国人民来说，最大的题材莫过于奥运会，奥运会让中国同胞扬眉吐气，也是综全国力在世界面前的体现，奥运所带来的一切想象都在股市中有所体现，以中休产业为首的奥运板块的股票更是在投资者的想象中一波三折。

中体产业的投资者受益于奥运体题有两次，第一次是申奥之前，2001年展开的炒作，投资者炒申奥预期，股价一路扬升，成为带动大盘创下历史新高的龙头板块。第二次是奥运开幕之前的炒作，从2005年牛市开始，以中体产业为龙头。

题材股的特点就炒朦胧，一旦题材明确股价就会见光死，题材股的炒作相当多，无数次的事实证明，风光死是题材股的一个特点。2001年7月16日奥运申办成功，投资者欢欣鼓舞入市，正个奥运板块从涨停到跌停，并一路下跌，让无数在申奥成功跳步入市的投资者亏损累累。"嫦娥"上天之日，我们可以看到航天板块集体暴跌。把握了题材股的见光死特点，就很容易把握题材股的行情。

**公司概貌**

中体产业是经国家体改委批准，由国家体育总局（原国家体委）体育基金管理中心、沈阳市房产实业有限公司、中华全国体育基金会、国家体育总局体育彩票管理中心、国家体育总局体育器材装备中心五家发起人共同发起，并向社会公众募集股份设立的股份有限公司。本公司于 1998 年 3 月在天津市登记注册，取得企业法人营业执照。2003 年 8 月 8 日，经公司第六次股东大会审议通过，公司名称变更为中体产业集团股份有限公司。经营范围：体育用品的生产、加工、销售；体育场馆、设施的建设、开发、经营；承办体育比赛；体育运动产品的生产、销售；体育运动设施的建设、经营；体育俱乐部的投资、经营；体育健身项目的开发、经营；体育专业人才的培训；体育信息咨询；体育主题社区建设。

**奥运概念第一股——独创地产连锁模式**

中体产业是北京申奥的策划主体之一，因此，公司在奥运会项目建设中具有独特的优势。历届奥运会的主办城市都会拉动当地经济，特别是房地产市场异常火爆，其房价走势一路攀高。随着奥运会脚步的临近，北京奥运会基础设施建设将推动建筑、地产板块的快速发展，由于 2008 奥运会的需要，北京市正在进行全方位的城市基础设施改造，建筑群体规划和修建，以提高主办城市的环境品质和解决交通运输瓶颈，这对北京房地产市场无疑是一个巨大的利好。在这个难得机遇面前，中体产业会同广东金业、沈阳华新等投资伙伴在广州、上海、天津、北京等十多个大中城市开发奥林匹克花园项目，获得极大的成功。公司利用自身品牌优势成功开发体育主题地产"奥林匹克花园"项目，目前已覆盖全国 33 个城市，在上海、北京、天津、沈阳、常州等地的多个项目进展顺利，销售状况良好，面对国家宏观经济政策的变化，公司也积极调整体育地产项目发展战略，有重点地在二线城市中积极拓展，使项目继续能得到稳步发展，已经创立了独具特色的"奥林匹克花园"品牌。公司主要是通过两个渠道盈利：一是对

第四章　选股方法在实战中的应用

奥林匹克花园进行品牌输出和管理，公司持股 73.25％ 的中体奥林匹克花园管理有限公司，期内为公司贡献投资收益 4097 万元；二是亲自从事地产开发，公司持股 54.95％ 的上海奥林匹克置业，期内为公司贡献投资收益 3997 万元，极具创新地将"加盟店"的方式引入到房地产开发领域，目前已经初步创立了独具特色的"奥林匹克花园"品牌。随着北京奥运的来临，体育项目所带来的收益价值将逐步扩大，公司的品牌战略有进一步增值的趋势。

另外，奥运会门票是全民关注的一件大事，中体产业的全资子公司中体华奥曾经得到国家体育总局交流中心授权全面负责 2004 年雅典奥运会门票在华销售的具体操作事宜及相关的市场开发工作，为奥运会门票销售积累了丰富经验，这使得公司在 2008 年北京奥运会的门票销售中再次成为市场焦点。

公司是中国体育产业规模最大的股份制企业，中体产业是国家体育总局控股的唯一一家上市公司，具有丰富的业内运做经验和雄厚的资金支持，是北京申奥的策划主体之一，伴随着 2008 北京奥运热度的升温，体育产业也将面临一次热潮。目前，国家已经把体育产业的相关内容列入了"十一五发展规划"之中，同时，2008 年北京奥运会无疑给体育产业发展提供了百年不遇的机遇，已经掀起了全民健身热，这会让作为以发展体育产业为己任的中体产业受益匪浅，公司涉及健身，传媒等与体育有相关的多种领域，体育第一股的称号非其莫属。

在健身俱乐部建设上，公司与美国倍力公司组建的合资公司已顺利运营，在北京成立的中体倍力健身俱乐部已初步创出自身的品牌，目前投入运营的中体倍力健身俱乐部已达 22 家，遍及全国 11 个城市。同时，第一家社区健身俱乐部也已开始筹建，市场空间巨大。

在传媒方面，公司积极介入体育影视传媒领域，打造体育传媒旗舰。近年制作了大量的电视剧和体育节目，成为各大电视台抢手货。公司与中国教育电视台合资组建中体影视有限公司，中体产业占 80％ 的股权，该公司专门从事电视剧等业务的策划和制作，先后制作了大型电视记录片《奥运百年》、大型文化专题片《全民健身运动》，以及《金牌之路》。作为中国体育影视传媒第一品牌，中体产业曾被李嘉成相中，与 TOM.COM 的合作将"打造中国体育传媒业的旗舰"。

近年来公司在体育赛事的运作上已经有了很大的发展。随着北京奥运的来临，体育项目所带来的收益价值将逐步扩大，公司的品牌战略有进一步增值的趋势。公司积极参与 2008 年北京奥运会项目，充分利用公司的优势和特长，为公司创造更多的效益。

## 广阔的市场前景

首先，奥运基础设施建设将推动建筑、地产板块的快速发展。随着奥运会的临近，奥运工程建设正进入新的高峰期。据有关资料显示，仅北京奥运场馆及配套设施建设的总投资额就达到 5000 亿元。

其次，中体产业在大股东国家体育总局体育基金管理中心、体育彩票管理中心的支持指导下，将进军体育彩票事业。公司利用国家对体育产业的特殊扶持政策，争取与体育彩票管理中心、体育基金筹集中心合作，使公司可以利用体育基金、体育彩票等手段，开拓融资渠道。中体产业是一只非常特殊的股票，其特殊之处就是未来可以光明正大地合法利用发行体育彩票为融资手段，其发展前景不言而喻，独一无二的彩票概念。

## 借奥运二次炒作

我们前面讲了很多关于奥运给中体产业带来的机遇，但这些从目前来看只是市场的一个概念，是否能转化为收益还有待观察，奥运这个全民观注的概念已让中体产业的股价二度腾飞。第一次是申奥概念的炒作，在申奥之前，大家在预测北京申奥会成功，开始炒作奥运概念，中体产业就是当时的龙头公司，当时股价也是一路攀升。第二次是举办奥运题材的炒作，到本书截稿为止，这个题材还在进行，但是结果我们是可以预测的，还是见光死。

### 申奥题材的炒作

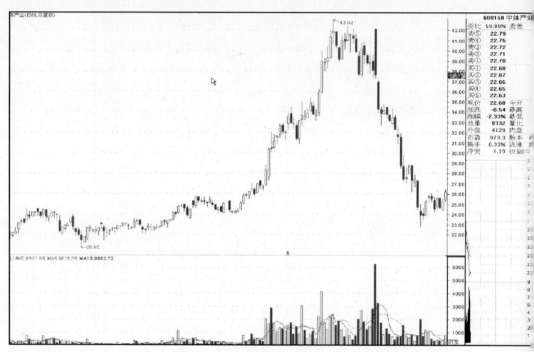

图 4-14  中体产业

2001 年 7 月 13 日周五晚上 22 点 11 分，萨马兰奇主席宣布北京赢得 2008 年奥运会举办权！中国人民举国欢庆，一些投资者满怀希望，认为奥运股会产生暴涨，周一开盘股价以涨停开盘，然后股价却逆转直下，一路狂跌不止，让很多投资者晕了头，其实，这样的利好消息我们可以提前做出预判。因为这样的利好消息，全世界都在预料之中，前期中体产生的大幅上涨早已反映出利好，一路的狂跌在情理之中。中体产生申奥成功之的的表现是典型的"见光死"。

### 奥运举办题材炒作

2005 年大盘见底之后，奥运板块就开始有主力介入，中体产业义不容辞的再次成为奥运板块的龙头，股价一路扬升，至本书截稿为止，中体产业借助大牛市的春风，股价已上涨了 30 倍。奥运还有半年时间，这期间不排除中体产业的股价会出现波动，但每一次的下调都会受到资金的照顾，我相信奥运举办之前，中体产业的炒作就没有结束，见光死还有另一个解释就是"不见光，它就会永远地活下去"。

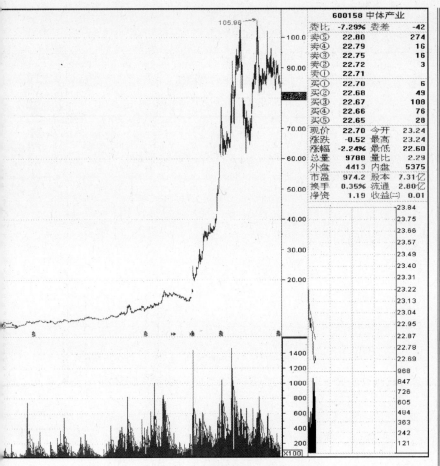

图 4—15 中体产业

# 第五章

## 长线的技术选股法

## 第一节 咬紧主力

### 股价＝内在价值＋主流思维

对于大部分的上市公司，机构都会给予投资评级；内在价值我们可以看一些机构的研究报告，综合一些机构的研究报告，我们大致估算出个股的内在价值，那么股价的另一个重要表现主流思维，虽然是主流思维，是想象的东西，很多朋友认为这个比较难把握，其实并不难，思维会反应在行动中，我们可以看主流机构的行动，行动代表一切，是主流思维的最真实表现，如果发现主力真实的买进，那么代表主流思维看涨，大树下面好剩凉，这时我们跟随入市可以事半功倍。

很多人天天研究跟庄技巧，天天听小道消息，但却忘了主力其实就在我们身边。跟随主力动向，把握主力的意图，对于操作非常有用，有些主力我们通过盘面难以判断，但是通过公开信息却一目了然。现在交易所有规定，公布涨幅榜前五位的席位成交情况，我们可以从中发现主力运作的一些动向，建设银行、中国神华、北京银行，中国中铁等我们可以发现主力疯狂买进的场面，我们看到这些机构介入之后，我们再行介入这些股票都会有不错的收益。我相信这些铁的事实比任何"表哥的表妹的同学"所讲的内幕消息要灵验很多。一般情况下主力以涨停板的方式进行吸货代表机构对这只个股非常看好，所以肯定会有不俗的表现。

如果内在价值被严重低估，主力又重仓介入，这只个股后期一定会演变成为长线大牛股，历史上的大牛股基本都是这样产生的，2005年金融股价值被低估，我们可以看报表中发现众多机构重仓持有，后来这些个股都成为了超级大牛股。

我们下面以东华科技为例说明这个选股技巧。

### 东华科技主力介入情况

2007年7月20日东华科技放量上攻，封于涨停板，当天处天涨幅榜前五名。晚间交易所公布了东华科技的前五名席位的成交情况，我们可以发现机构呈现单边净买入的情况。前五家席位，前三家都是净买入，而卖出席位则没有一家机构。

表 5-1

| 营业部名称 | 买入金额（元） | 卖出金额（元） |
|---|---|---|
| 机构专用 | 10693477.10 | |
| 机构专用 | 10411952.89 | |
| 机构专用 | 6881586.00 | |
| 华泰证券长沙韶山北路证券营业部 | 5008350.27 | |
| 上海证券有限责任公司苏州干将西路证券营业部 | 26268610.18 | 26785.00 |

2007 年 9 月 4 日东华科技再度放量封于涨停板，当天处于涨幅榜的前五名，晚间交易所公布了东华科技的前五名席位的成交情况，我们又一次发现机构呈现单边买入情况。前五家席位再次出现三家净买入，同样卖出席位则无一家机构。

表 5-2

| 营业部名称 | 买入金额(元) | 卖出金额(元) |
|---|---|---|
| 天同证券深圳红荔路银荔大厦证券营业部 | 1821077.51 | |
| 齐鲁证券托管 | | |
| 机构专用 | 1632194.70 | |
| 机构专用 | 4216508.00 | |
| 中信证券股份有限公司苏州中新路证券营业部 | 1251618.00 | 30472.00 |
| 机构专用 | 8044747.00 | |

## 实 战 演 示

咬紧主力案例——东华科技

图 5-1  东华科技

我们可以看到 2007 年 7 月 20 日机构介入之后，东华科技的股价短线呈现快速拉升的格局，在 7 月 21 封于涨停板，之后也是一路攀升，如果我们第二天跟进就拥捉住了这只大牛股的相对底部，2007 年 9 月 4 日再度重仓出击东华科技，第二天又一次封于涨停板。二次机构大举介入，证明机构非常看好东华科技的未来，东华科技在 10 月份最高冲至 134 元，三个月股价上涨二倍，验证了咬紧主力比听小道消息更直接，更有效。事实证明这种方式是最有效的跟庄手法。

## 第二节　头肩底

头肩底和头肩顶一样，是所有形态中最著名的、最可靠的，据统计这种形态一旦形成，其准确率在 90％左右，我们从以下几个方面来认识这种形态。

### 形态的完成

我们首先来看看在头肩底中的具体表现。在点 A，下跌趋势一如既往，毫无反转的迹象，交易量在价格下跌过程中开如出现一定程度的萎缩。在攻击 B 点的反弹中，交易量有所放大。然而到了点 C 我们可以发现，当这轮下跌的量更小，向下突破点 A 时，交易量同前一轮下跌时的交易量相比出现萎缩现象，这其实已出现了"黄灯"警告，也就是我们前面所讲的量价背离，但这还不能确定行情要反转，我们还要看下面的演变，这里只是出现了第一不利于趋势发展的信号。

后来股价再次攻击 D，出现了一些更明显的信号，上攻的高点高于前期的低点 A。在下跌趋势中以前的低点一旦被突破就会起到支撑作用，突破这个高点说明下跌趋势已出现问题，这时出现了第二个信号，这个信号告诉我们多方的力量在加强。

然后，市场再度下跌 E 点，但是这次的成交量更小，幅度通常是 D 至 C 的幅度的 1/3，到此为止已形成上涨的一半条件，即依次上升的波峰。但是此时并没有做多的充分理由。

至此，通过最后两个向上反弹的高点我们可以做出一条颈线，在头肩底形态中这种颈线一般会轻轻上斜。头肩底成立的决定性因素就是收市价格明确地突破到颈线以上，这时已具有了以下几点上涨的因素。

⊕ 市场成功突破了反弹的高点构成的颈线位

⊕ 突破了 D 点的压力。

⊕ 形成了上涨中所具备的依次上升的低点和高点。

⊕ 突破后反抽

在头肩底向上突破后，通常会出现反抽现象，价格会回调到颈线位，此时，颈线已形成了强支撑。反抽现象不一定会发生，有时只形成一小段的回调，特别是突破成交量极大的情况下，其回调的力度就会很弱。反之，如果突破成交量较小则会大大增加反抽的可能性，但是有一点，反抽时的成交量不应该太大。

## 测算目标位

形态高度是测量价格目标的基础。具体的做法是：先测出从头（点 C）到颈线的垂直距离，然后从颈线上被突破的点出发，向上投射相同的距离。例如，假定头顶位于 20，相应的颈线位置在 100，那么其垂直距离就是两者的差 80。那么我们就应从颈线的突破点开始，向上量出 80 点，突破点位于 100，那么我们就可以测出上涨目标位在（100＋80＝180）。形态的高度越大，那目标位就会越来越大。上面测出的目标仅仅是最近的目标位，实际上，未来新趋势经常会超越这个目标，最大目标则是其原来趋势的波动幅度。

**实 战 演 示**

**头肩底案例分析—上证综指**

2007 年 530 行情末期，上证综合指数用了近一个月的时间构筑完美的头肩形态，颈线稍稍向上倾，至 7 月 20 日以长阳放量突破，至此，一个完整的头肩形成立，预示新一轮上攻行情的展开。头肩底是底部形态，它所具有测量功能只能测出来最小目标，真实的上涨往往要大于这个最小目标。我们可以对头肩底形态进行测量发现本轮上攻的最少目标为4307点。头肩底垂直距离 3935－3563＝372 点，加上颈线突破点可以算出最小目标位 3935＋372＝4307 点。当然算本轮行情的目标位要用大三角形来计算，这里只是算出头肩底的最小目标位。此头肩底形态具有二种意义，相对 530 调整行情来讲，它是反转形态，相对牛市来讲，它又是持续形态。

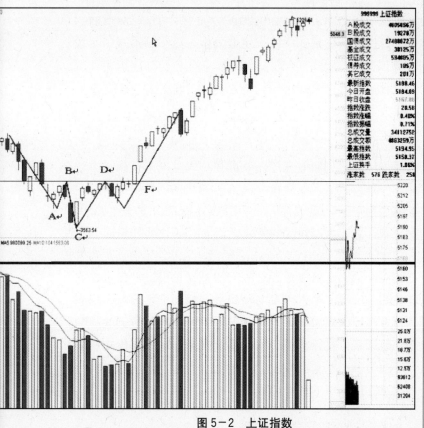

图 5-2　上证指数

# 第三节　圆　底

　　因为圆形底很像我们平常所用的锅，所以又被投资者习惯地称为"锅底"。本形态代表着趋势很平缓，股价表现很温和，成交量往往在锅底会出现极度萎缩的地量，而且本形态的形成过程往往比较漫长。

## 形成过程

股票价格从上升到下降，或者是从下降到上升的变化过程较为平缓。同时要注意，交易量倾向于形成相应的锅底形态，交易量随着形成而逐步收缩，最后，当新的价格方向占据主动时，又都相应地逐步增加。有时在圆底中点的稍后位置，股价会在异乎寻常的重大交易量背景下向上突破，向上冲刺，然后又回落到缓慢的圆形形态之中。在底部的末端，有时会出现一个"锅把"，随后上升趋势将恢复。请注意，在交易量图形的圆底上，过了中点之后，交易量突然开始上升，随着价格的进一步上涨，交易量相应地增加。平台出现时，交易量下降，接下来，当价格向上方突破时，交易量又进一步扩张。

## 突破的确认

我们很难确切地说出圆形底何时完成，我们在一般情况下有两种方法来确认形态的完成。一种方法是：如果在中点 A 外价格向上冲，那么此后当这个高点被向上穿越时，可能就是牛市的信号，还有一个变通的办法，就是平台向上的突破，标志着底部运动的完成。

如前面所述，相对来说圆形形态出现较少，但是这种形态的价值却非同一般，其准确性极高。圆形底形态不具备精确的测算功能，但是其蕴含的能力却不一样，常常有惊人爆发力，通常预示着一个大趋势的到来。一般情况下，该形态一旦形成，其目标位以原趋势为参考，能够提供价格回撤的一些范围。同时圆形形态本身的持续时间也是很有价值的信息，其持续的时间越长，则预示着所形成的趋势越猛烈。

针对圆形形态的不同特点，我们在操作时要制定相应的投资策略。首先，其形成时间较长，尽量不要在其突破之前介入，免得浪费时间成本。其次，在预算方面，圆形底具有极高的准确率，所以一旦遇到这种形态就要果断地顺应其发展方向：如果是锅底形态出现，就要果断地建仓。再次，圆形形态常常是代表一个大趋势的来临，要长线持有。

## 圆形底的分类

根据圆形底形成的时间周期不同，我们将圆形底分为大圆底和小圆

底。大圆底形成时间在一个月以上，小圆底形成的时间则是一个月之内。我们后面实战分析中介绍的华升股份就是大圆底的典型，工商银行则是小圆底的典型。

## 实 战 演 示

### 大圆底案例——华升股份

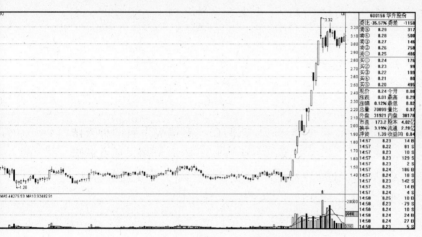

图5-3  华升股份

华升股价于 2005 年 9 月份至 2006 年 4 月底用了半年的时间构筑完美的大圆底，这个圆底构筑时间较长，蕴含了爆发的潜力，我们所要做的事情是等待介入时机，因为圆底形态的形成从时间上难以把握，如果先行建仓可能会浪费资金的使用率，对于短线投资者根本不合适，当然，长线投资者可以在底部形成过程中进行建仓，2006 年 4 月 28 日一根放量的长阳线打破了盘局，压抑已久的做多激情爆发出来，股价连续的涨停板，并在一个多月的时间内实现了翻倍，显示了圆底形态所蕴含的强大爆发力。我们可以看到利用圆底进行短线操作是暴利良机，只可惜圆底这种技术形态极为罕见，对于圆底形态，我们要见到就不要放过。

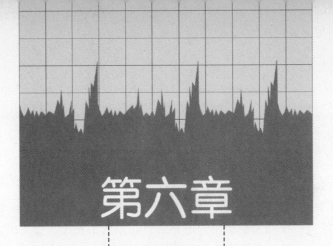

第六章

长线操作手法

## 第一节　长线卖出的理由

"会买是徒弟，会卖是师父"。对于这句股市格言，我持有不同看法，并不完全认可，我认为最重要的还是买进，因为买进是开始，好的开始是成功的一半，但是这条格言从侧面反映了卖出的重要性，对很多投资者而言，并不是没有选到过大牛股，相反，是选取了很多的大牛股，但收益并不理想，根本原因在于没有卖好，往往是与大黑马失之交臂，错误的将大黑马过早的抛出，只啃到一个"牛蹄子"，没有品尝到牛肉的滋味，眼睁睁的看着大黑马一路狂奔。问题何在？关键是在于并没有掌握长线股卖出的方法和坚持长线操作的原则。

长线卖出的方法和短线相比并不复杂，并不是什么高深的技巧，在实战操作中也不难把握，长线卖出的理由基于两点，第一，基本面发生变化，当然这种变化是向坏的方面发展。我们在选股阶段详细分析了上市公司的基本面情况，在综合了所有基本面因素之后才将某只股票纳入股票池，但是基本面因素往往会发生突出其来的变化，当基本面出现坏消息时，我们持有股票的理由已经不成立，面对新的基本面情况，再继续持有，完全是一种赌徒行为，抛出手中的股票才是上策。第二，股价严重透支，很多长线投资者是股神巴菲特的忠实信徒，错误的将股神的长线持有理解为好股票就永远不卖，股神并不是将所有的股票持有到永远不卖，它曾经因为市场严重高估而解散了它的基金，也曾经将中石油全部抛出，这些事实说明股神在股价严重高估时也会抛出手中的股票，特别对于我们中国还不成熟的证券市场，经常会出现严重高估的情况，如果这重严重高估的情况下你不抛出手中的股票，可能要用很多年的时间来换取，这有勃于投资之道。如果投资者不看上市公司的估值水平，错误的认为好股票就要永远的拿着，就走向了另外一个极端。一家优秀的上市公司随着时间的推移，会被越来越多的投资者所认可，随着这种认可程度的加强，股价就会逐渐被高估，股价最终会严重透支，但是透支就不代表股价要下跌，对于处于投资阶段的股票不能再以基本面来分析是否卖出，要以技术为主，因为基本面已失去意义，只有当技术形态出现真正的破坏时，才能确立股价要下跌。

把周期性行业的个股纳入长线投资，在市场中存在着争议，很多人认为周期性行业个股不具备长线投资价值，因为周期性行业个股的股价多数时候象过山车，如果长线持有可能会合适，其实周期性行业的个股按照我们的理论也同样符合长线股票的特点，长线投资从空间来定义，很多投资者之所以不能从周期性行业中获利，是对定义本身的误解，错误的认为长线就是拿着不放。80％的个股属于周期性，如果不能把握周期性行业将会丢失很多投资机会，周期性行业当行业复苏时也会出现一轮可观的涨幅，很多大牛股出现在周期性行业之中，对于周期性行业来说我们要重点研究分析周期性行业的拐点，在行业出现复苏的拐点时我们介入，在行业出现下滑拐点时果断卖出，等待下次行业复苏的到来，如果在行业出现周期拐点还不抛出，那么极有可能象坐过山车一样。因此，对于周期性行业一定要密切注意行业的拐点。

对于一些增长性行业，往往存在诱人的前景，如果在调整行情之中，人气相对低迷，增长性行业个股往往会正常的表现，但如果处在牛市行情之中，增长性行业的个股所具备的诱人市场前景被无限的放大，往往会吸引大量资金介入，这种放大反应到股价上就会出现严重透支。当然透支并不一定股价会下跌，会不会下跌要看透支的程度，股价透支分二种，一种是合理透支，上市公司的成长性可能通过时间来化解这样的透支，股价并不一定会下跌，很多情形之下是选取盘整来消化合理透支，就是我们常说的用时间来换空间。对于合理性透支的股票，我们可以继续持有，如果这时间就抛出股票可能会丢掉大牛股。二是严重透支。严重透支是指股价严重脱离公司基本面，即使具备良好的成长性，但股价已消化了未来相当长一段时间的成长性，我们600000浦发银行1999年上市就是这种情况，当时由于市场对浦发银行抱有太大的希望，导致股价严重脱离基本面，虽然浦发银行具有良好的成长性，但是这种严重的透支已不能支撑股价，用横盘的方式也消化不了，只能通过下跌来消化。导致股价严重透支的个股下跌的原因有两个方面，一方面，股价的大幅上涨积累了大量的获利盘，这些获利盘是最不安定的因素，一旦有风吹草动，这些获利盘就会夺路而逃。第二点是股价的大幅上涨让很多场外的投资者望而却步，股价的上涨已不能得到市场资金的支持，第三点，股价的上涨所带来的泡沫如果用时间

第六章 长线操作手法

来化解需要很久的时间，投资者不愿意支付时间成本，用时间填充股价暴涨带来的泡沫已不可能，只能通过下跌来消化。对于这样的透支，我们选取离场观望。

关于合理透支和严重透支我们很难量化它，不同行业的个股也要区分对待，成长性高的个股透支未来的时间可以长点，因为它很快就可以将泡沫填平，成长性低的个股透支未来的时间则不能太长，对于高成长性行业，透支两年的未来算正常，对于平稳性的行业透支一年以上就算严重透支。这们的透支可以用有些时间股价透支可能用时间来换取空间，这时要看自已对个股未来的预期，对于透支的程度我们可以用时间和合理估值来判断。如果一家上市公司；股价透支一年的成长性，就是合理透支，如是超过一年，就是严重透支。

对于平稳型行业，由于成长性有限，一般透支半年为合理性透支，透支一年以上就算严重透支。

当我们持有的股票进入我们预测的严重透支区间之后，我们是否该马上抛出，事实证明马上抛出并不是一个明智的选择，多数情况下，股价往往会继续暴涨，而且上涨的幅度难以预测，这时候我们先如何处理对于处于透支中的股票，我们并不是要马上卖出，股价的透支只是提醒我们要小心，因为这些个股可能还会大幅度的上攻，这时要用技术分析来捕捉后面的行情，当股价出现形态的反转之后再离场，这样可以把利润尽量的放大。

很多情况下，有由于特殊性的原因，原本成长性很好的公司可能会遇到重大利空因素影响，成长性受到制约，对于这些基本面出现变化的上市公司，我们要果断地抛出。这些变化将使公司持有理由不复存在，这时应果断抛出。不要寄希望于公司基本面的转好，一家上市公司的基本面一旦转坏，短期内将很难逆转。

## 第二节　牛市不做回调

"牛市不做回调"是股市格言，对长线投资者尤其重要，但是总有很多投资者遵守不了，我以前便是其中一位，我以前总是自以为聪明的认为我能够在高点卖掉后低点再买进去，可以实现所谓的波段操作，但实际情况却并非如此，让我丢掉了很多只大牛股，经验告诉我，对于目标位没有达到的股票要坚决的给予持有，千万不要随便抛出上涨中的大牛股，为了赚取一点点的差价而掉丢一只上涨几倍的大牛股是一件非常愚蠢的事，那些所谓的高抛低吸只是一种理想状态，实际操作中很难实现，我们可以看到很多成功的投资家没有一个这样高抛低吸进行操作的。我们想完美的把握股市，从心里上来讲无可厚非，别忘了索罗斯的名言"追求完美，相当于拥抱死亡"。

自信心的膨胀、贪心和恐惧是驱使人们丢掉大牛股的罪魁祸首，有一些操作经验相对比较非富的人总是认为高抛低吸，波段操作能够赚取更多的利润，因为这些人的理论基础无懈可击，所以这样的理念让很多人趋之所骛，很多人对此更是梦寐一求，其实这引导着人们走向一个误区，象练某某功可以让人常生不老一样，现实却总是难以达到这种境界。贪心也是驱动投资者这样操作的一个内因，很多人总是想把行情赚完，看到行情可能出现波动，就想先抛掉然后低点接回来，其实往往是越来越高，眼睁睁的看着一个大黑马失去，恐惧是另外一个魔头，这是一种不自信的表现，很多投资者赚到钱之后就会担心所赚的钱会失去，总是想落袋为安，这种小富即安的心态在股市中很难赚到大钱。

总之，在自信心膨胀、贪婪、恐惧的综合作用下，人们总是会丢掉一些大牛股，总体上分为以下几种情况。

第一，对于上涨中的大牛股，他的顶部非常难把握，很多时间抛掉后马上就会上涨，根本没有机会去逢低吸纳，特别是前面我们讲的恐惧心里造成的抛出，大多数都是抛了还涨。

第二，很多人抛掉了所持有的大牛股后，并不会等待股价下跌再进，总觉得资金闲着是种浪费，而是选取些所谓更好的股票去进，其实对新选股票了解不够，结果总是抛掉的股票大涨，新进的股票下跌或者盘整不动，这就是彼得林奇的"拔掉鲜花去浇灌野草"。这种事情我相信在很多投资者身上都发生过。

第三，即使一些经验丰富的投资者，可能会做到高抛低吸取得几次成功，但这样做会养成一种习惯，这种习惯早晚会丢掉这些大牛股，追求完美就想当于拥抱死亡，这些事实想象起来很完美的东西，在实际中却不现实。卖出之后总是能低点买进，这只是一个理想的状态，基本不可能实现。

在 2000 年我就干过一件非常愚蠢的事，那就是当时我重仓持有000540 世纪中天，为了赚取波动将它抛出，结果股价一路上攻，让我丢掉了一只大黑马。人们总是自以为聪明的去梦想波段操作，结果往往是丢掉大黑马，得不偿失。

请牢记股市至理名言——牛市不做回调。

## 第三节　长线操作步骤

在实际投资中，很多投资者买进股票所用的时间远远比买双袜子用的时间短，很多买一双袜子要跑几家商店，还货比三家，很多投资者买股票完全没有计划，凭借在盘中的一时冲动，凭借所谓的内幕消息、凭借道听途说的分析判，断随意性的操作肯定会导致失误率大大提升。操作的随意性是投资的大忌，"事无预则不立"，长线投资者同样如此，如果没有事先制定好计划，随意性的进行操作，只能看运气如何，这完全是赌徒行为，运气不可能总是眷顾某一个人，长线投资必须要按步骤进行，选股，买入，持有、出货，都有先制定出详细的计划，当然这个计划可以根据实际情况做调整。

### 选股

选股是第一要素，很多人反对长线操作总是拿四川长虹为例，说拿了多少年之后不但没赚到钱，反而大幅度的下跌，事实不是如此，长线操作并不是买上任何股票都可以持有，只有那些具有长线潜质的股票才可以长线持有，关于具体选取长线股的方法，我们会在后面章节中详细讲解十种长线选股的技法，这些选股的方法并不难于把握，对于所选的股票我们要放到股票池中，如何建立股票池，我们在前面的章节中讲得非常详细，我们这里不再多讲，将精逃细选出的股票建立一个股票池就完成了我们长线操作的第一步。长线投资的第一个步骤就是建立股票池，然后对这只股票进行观测和研究，对股票进行详细的分析。

## 买入

对于股票池中的股票选取心目中最好的少量介入，这个介入只是为了更好了解股票，只是简单的分析股票和买进去之后的感觉相差其甚远，所以要少量介入才能对股票有深入的了解，选股票靠基本面，但是真正的介入却要看技术面，好的基本面不能代表股票就会涨，有些时间可能会相当长一段时间阴跌或横盘整理，这时间我们可以等到股价盘出价格形态再介为也为时不晚，关于如何把握买点，我们前面在技术分析一节中讲过很多，这里不再多讲。

## 持有

长线投资最简单的环节就是持有，因为长线的目标位一般需要很长时间来完成，有些长线股可以拿很多年甚至一生持有，所以这个过程最简单，但是长线持有最难的一个环节也是持有，因为持有需要耐心，耐心不是简单的说下就可以实现的，它会考验人性的弱点。

## 出货

关于如何卖出长线股，我们在前面专门用一节去讲，主要分为两点：第一，基本面发生重大变化，原来买进时的理由已不成立；第二，股价已严重透支。

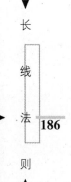

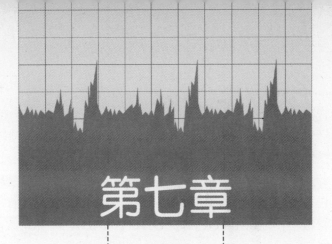

第七章

长线投资的资金管理

好的将军打胜仗靠的是用兵得当，而每一个投资者就是一个将军，我们手中的资金就是我们的军队，怎么用好它，对我们能否打胜仗至关重要。很多投资者重视技术分析的重要性，却忽视了资金管理的重要性。我在对投资者业绩研究的过程中，惊讶地发现资金账户的大小、投资组合的搭配以及在每笔交易中所使用资金的配置等等诸如此类的问题，竟然是影响最终业绩的一个重要因素，有时也是一次操作成功和失败的重要因素。

毋庸置疑，资金管理是股市成功运作中必不可少的一个方面，但是在我们这个行业中，到处是顾问公司、咨询公司，喋喋不休的指点客户买卖什么股，何时去买，但是却没有人告诉我们在每笔交易中应当注入多少资金；各种理论对此也少有问津。各种市场人士对资金管理的漠不关心使得资金管理成了一个被投资者遗忘得角落。

现在也有些人认为，在交易系统中，资金管理的重要性已超过了交易方法本身。我想资金管理在具体操作中有举足轻重的地位，可以使我们的操作方法增色不少。科学的资金管理方法不仅能够增加投资效益而且可以起到回避风险的作用。在多年实践经验的基础上，笔者总结出一套简明、有效、可操作性强的资金管理办法。

行情有牛熊之分，在牛市和熊市操作方式和风险控制各有不同，因此相应地需要不同的资金管理方式来辅助。下面两种方法就是我们在操作中常用的资金管理模式：

首先，在牛市中，个股行情异彩纷呈，涨跌互现；但是大盘指数却是在不断上涨。也就是说：如果我们把股市中的每一只股票都买一点，那么结果肯定可以赚取指数并赚到钱。相反的，如果集中所有资金打个股，我们却不能保证所买的股票一定涨，这时投资就有一定风险存在，可能会因投资失误而导致赚指数却亏钱。因此，我们可以看出越是分散资金，风险会愈来愈小。所以，我们采用分散投资却可以回避这种风险，但是如果过于分散投资，只能取得和大盘同步的收益，而不可能取得超常收益，而且我们也没有那么多时间和精力去研究那么多股票。因此，分散投资又不能过犹不及，不能到处撒网，只能是相对而言。其次，在牛市中个股机会很多，要提高资金利用率，增加收益，就要在控制风险的情况下，重仓操作，甚至满仓操作。因此在牛市行情中操作的资金，我们在管理时，应该把握以下两个原则：第一，要分散，但是又不能太分散；第二，重仓操作。

"三带一法"就是我们在实际操作中，总结出的有效的牛市资金管理法。其具体做法就是：首先把资金平分为四份，用其中三分资金分别买入三只股票，留出一份资金作为机动使用，可以补仓，可以用作继续跟进，也可以另选股票介入。在"三带一法"运用中，我们可以省去了许多烦琐的管理程序，又能够使资金利用率达到最佳效果。这既体现了分散风险的原则，又不至于过犹不及，分散了投资者的精力，形成本末倒置的现象。同时由于留有机动资金，进可攻、退可守，孤注一掷在股市中无异于鱼游沸鼎。而且在三只股票的选择中要尽可能分散到不同的板块中，不要把鸡蛋放在一个篮子中，否则易造成一损俱损，一荣俱荣，对风险的抵抗力将严重减弱。

假如现在有 100 万去投资，我们可拿出 25 万去买四川长虹、25 万去买深发展、25 万去买方正科技，剩余的 25 万我们就用作后备金，等着在正确的投资上加砝码。那么我们只要坚持四大法则，只要有一只股票是赚钱的就长线持有，假设另外两只是赔钱的，我们要建立止损思维，重新选股，那么我们的投资结果一定还是盈利的。

其次，在熊市中，因为大盘在下跌，如果我们每只股票都买，结果肯定是亏钱，而且是越分越赔钱的风险越高。但是大盘却仍会出现少许的亮点，个股仍会存在机会。如果我们分析较透彻，善于把握，在大盘要反弹时介入一只股票，还是有机会赚钱的。因此在熊市中如果采用分散投资，其实不是在分散风险，而是在聚集风险。在熊市中操作时的资金管理要遵循以下两个原则，第一是要集中出击，第二要小资金出入。

因此在熊市中要采用集中投资的方法，即三取一集中操作法，就是要集中资金的 1/3 去做一只个股，而不再分散资金。如果这时对资金进行分散就极有可能和指数同步，可以想象和下跌的股指同步会有何战绩。而只有采用集中出击才会有机会把握个股机会，在弱市求得生存。但是因为是弱市，要把风险放到第一位，只能用 1/3 的仓

第七章 长线投资的资金管理

位，而不能孤注一掷。

在实际操作中，很多投资者注重买，往往忽视了卖的重要性。出货也是资金管理的一个重要方面。实际上买卖才是一个完整的操作，买得再好，如果不会出货也是枉然。对于出货，我们采用目标位出货法和止损（包括止赢）点出货法，只要价位达到操作计划中的目标位或达到了止损位（止赢位）我们就要果断离场，有时采用其一进行操作，有时则可两者兼用。

我们这里没有平衡市，因为股市没有真正的平衡市，盘整行情只是牛市或者熊市的休整蓄势阶段。在牛市中的盘整行情，就按三带一分散法来管理资金；下跌市中的盘整市，则仍按弱市操作。

总之，资金管理同样要遵循"让利润充分增长，把亏损限于最小"的原则。在牛市中采用大部分投入，虽然是分散投资，但是却是全面出击，扩大战果，实现利润最大化；在弱市中却小量资金投入，以退为进，养精蓄锐，以待战机。

在前面我们分别讲了技术和资金管理在牛市和弱市的使用方法，如何把理论和实践衔接起来，把我们的资金管理方法配合技术分析融入到实际操作之中，才是我们最终的目的。

我们知道，在选择入市时机不外乎三个方法，第一是在突破之前预先入市，但是又有可能不突破；第二则是正当突破发生的时候入市，有时又会出现骗线；第三是等突破发生后市场出现反扑或者回调后入市，但是有时强势又会损失一大部分利润。这三种方法皆有弊端，如果选择其中之一又会导致集中承担风险，而大部分的投资者都是采用其中之一进行操作。由于这三种情况是按时间顺序出现的，因此在这里我们提出了循序渐进的买进办法。我们在操作中采用"三步走"的方法进行操作：首先，把投资一只个股的资金分为三份，针对上面所讲的行情的三种走势，分别采取分段介入的方法。这时如果我们的操作出现失误，风险可以降低到只有原来集中进货的 30％，使风险减少到最小。

资金管理融入技术分析，才能相得益彰。技术分析有了资金管理的配合，准确性和有效性将会大增，也只有技术分析才能给资金管理提供舞台。

# 后 记

　　宇宙浩瀚无边，仍然有其运行规律。股市瞬息万变，风险莫测，但我经过十几年的研究发现，股市并不是深不可测，它仍然具有内在运行规律。如果掌握了这些规律，原本深不可测的股市就会变得十分简单。本书详细论述了如何通过空间循环来把握空间运行规律，如何运用时间循环把握时间运行规律，并与之配备了思维循环，就是希望投资者能够发现并把握股市运行规律，在实际操作中取得良好收益。

　　很多投资者基本分析无所不通，技术分析无所不精，但是最终结果却是亏损累累，原因何在？知易行难。要想在实际操作中取得良好的收益就必须坚持原则，在实践中不断磨练自己，严格自律，做到言行合一，否则，就会如赵括纸上谈兵，必将惨遭长平之惨败。

　　股市如棋步步新，行情每天都在变化，很多成功的经验随时有可能无用武之地。不断学习总结成功经验和失败教训，与时俱进，才能不被市场所淘汰。生命不息，学习不止，骄傲自满足能招致市场的惩罚，做到不断追踪市场、研究市场才能把握市场、战胜市场。

　　本系列书历经整整八年终于完成，由于对股市的执着，八年来放弃了所有和亲人相聚的时间，过着半隐居式（自我安慰）的生活，在这里只能泪谢关心我的亲人、并感谢红升国际投资公司总裁李得利先生，他让我熟悉了机构的操作手法；感谢广州博信总经理周建新先生，他独到的操盘手法让我受益匪浅；感谢我公司的全体员工为本书付出的汗水，感谢所有为本系列书提供意见的

191

后
记

朋友们。

尽管笔者尽心尽力，但是因为水平有限，谬误之处、不足之处在所难免，恳求广大同仁批评指正，希望广大股民朋友多提宝贵意见。